100 YEARS

卡夫卡小说全集（纪念版）

[奥] 弗兰茨·卡夫卡 著　韩瑞祥 译

失踪的人（上）

人民文学出版社

译者前言

未竟之作《失踪的人》写于1912年至1914年间，它是卡夫卡的长篇小说处女作。作者生前发表了其中的第一章，也就是脍炙人口的短篇小说《司炉》（1913）。1927年，卡夫卡的挚友马克斯·布罗德编辑出版这部小说时取名"美国"。根据卡夫卡的日记和书信记载，德国费舍尔出版社后来出版的校勘本则采用了作者在其中多次提到的"失踪的人"这个名称。这也是卡夫卡研究界迄今普遍所认可的。

小说《失踪的人》叙述的是一个名叫卡尔·罗斯曼的少年的故事，他十六岁时因被一个女仆引诱而被父母赶出家门，孑然一身流落到异乡美国。罗斯曼天真、善良、富有同情心，愿意帮助一切人。由于形形色色的利己主义者和阴险的骗子利用罗斯曼的轻信，他常常上当，被牵连进一些讨厌的冒险勾当里。罗斯曼要寻找赖以生存之地，同时又想得到自由，他与那个社会格格不入。从主人公的坎坷行踪里，可以让人看到一个比较具体可感的社会现实；美国是故事情节的发生地，但卡夫卡却从未到过那里。因此，他笔下的美国无疑是其对自身生存现实感知的镜像。

与卡夫卡后来创作的两部小说《审判》和《城堡》相比，《失踪的人》在叙事风格上比较接近传统的叙事，读者从头到尾可以追踪到一个连续不断的情节链条。评论界向来认为这部小说的创作或多或少地受到了狄更斯的影响，卡夫卡甚至在他的日记里也表白了罗斯曼与狄更斯的小说《大卫·科波菲尔》中的主人公的因缘关系。尽管如此，无论从人物命运的表现，还是从叙事方式来看，卡夫卡在这里已经开始了独辟蹊径的尝试，尤其是采用了主人公的心理视角和叙述者的直叙交替结合的方式，分别从不同的角度，展露出现代小说多姿多彩的叙述层面，形成分明而浑然的叙述结构，为其后来的小说创作奠定了基础。

小说的主人公罗斯曼从一开始就是其生存环境的牺牲品，不断地陷入一个又一个卡夫卡式的迷宫里而无所适从。小说第一章"司炉"就已经为罗斯曼的卡夫卡式的命运做了必然的铺垫：受到家庭女佣的引诱，他被父母亲毫不留情地发配到美国，无可奈何地接受了这样的命运。他怀着一颗天真的公平正义之心踏上了那个以自由女神著称的国度。他在轮船上遇到了那个遭受种种不公正的司炉，为其境遇愤愤不平。在这个陌生的环境里，他义愤填膺地扮演起了一个律师角色，挺身为司炉主张公正。可面对以船长为代表的权力世界，他徒劳无望的所作所为显得幼稚、荒唐和可笑。实际上，这个呈现在"司炉"一章的主题贯穿于小说表现的始终。罗斯曼试图在美国找到一种公正的生存，但却处处受到不公正的对待，一次又一次的努力令他心灰意冷，甚至绝望。刚一抵达美国，从天而降的幸运让他莫名其妙,因为他在船上与素未谋面的富翁舅舅邂逅,初来乍到就进入了美国的上层社会。然而,他生活在上层社会那错综复杂的关系网中却一筹莫展,无所适从,森严的等级观念让他难以适应,他很快就莫名其妙地被舅舅赶走了。

不言而喻,舅舅在这里是一个权力的象征,丝毫也不能容忍任何违背他的意志的行为。无家可归的罗斯曼不得不继续去寻找自己的生存之路。他在一个现代化的大酒店里当了电梯工,但似乎又陷入了一个任人摆布的迷宫里,时时处处受到监视,生存如履薄冰,无妄之灾随时都有可能降临。在卡夫卡的作品中,操作现代技术显然成为一个非人的工作,它迫使人像机器一样运转,使人成为被操纵的工具;罗斯曼在此的命运便可想而知:他仅仅离开了工作岗位两分钟,便又莫名其妙地被解雇了,这无疑是卡夫卡笔下所有人物始终要面对的惨无人道的严酷。这个酒店因此看上去就如同《审判》和《城堡》中的权力机构。虽然它是实实在在的存在,是罗斯曼工作的地方,不像那些权力机构那样似真似幻,难以捉摸,而且其权力承载者都是些活生生的人,但罗斯曼生活在其中所感受的压抑和困惑则更加显而易见,更为直接,更为刻骨铭心。

在这个陌生的美国,无论是上层社会的达官贵人,还是现代化酒店上上下下的人,或者与罗斯曼同命相连的流浪者,他们的行为无不受到统治欲望和邪恶的驱使,真正的仁爱在这个尔虞我诈的社会不复存在。你不能相信任何人,人与人之间的关系是断裂的。最终罗斯曼甚至成了他曾经帮助过的两个流浪者的牺牲品,被迫沦为必须俯首听命的仆人,遭受种种难以摆脱的折磨。世态炎凉的生存环境使得罗斯曼失去了任何行动的自由,他无力应对生存,只有听从命运的摆布,充当任人肆意蹂躏的对象。实际上,罗斯曼的命运与卡夫卡笔下其他人物的命运如出一辙。

小说《失踪的人》是卡夫卡整个文学创作不可分割的部分,体现了"卡夫卡风格"形成的端倪,为全面研究和认识卡夫卡提供了不可或缺的见证。这部小说问世近百年来始终是评论界争论不休的对象，时至今日依然是卡夫卡研究者十分关注的焦点之一，同样也是广大读者很喜爱的卡夫卡作品之一。此次再版，译者对收录在《卡夫卡小说全集》中的译文进行了全面修订。作为喜欢卡夫卡的读者，译者在此愿与所有对卡夫卡感兴趣的同仁继续共勉。

韩瑞祥

2019年4月于北京

INHALT

目 次

一　司炉　001

二　舅舅　057

三　纽约郊外的乡村别墅　083

四　去往拉姆西斯的路上　145

五　在西方饭店里　197

六　罗宾逊事件　245

这汽车停了下来，……　317

清晨，……　417

残章断篇

1　布鲁纳尔达出游　439

2　卡尔在一个街口……　451

他们行了两天两夜……　489

Franz Kafka
Das erzählerische Werk

Der Verschollene

一

司炉

十七岁的卡尔·罗斯曼被他那可怜的父母发落去美国，因为一个女佣勾引了他，和他生了一个孩子。当他乘坐的轮船慢慢驶入纽约港时，那仰慕已久的自由女神像仿佛在骤然强烈的阳光下映入他的眼帘。女神好像刚刚才高举起那执剑的手臂，自由的空气顿然在她的四周吹拂。

"多么巍然！"他自言自语地说，一点儿也没想到该下船了。一群群行李搬运工簇拥着擦他身旁流过，他不知不觉地被推到了甲板的栏杆旁。

"喂，你还想不想下船？"一位在旅途中萍水相逢的年轻人走过他身边时喊道。"我这就下去。"卡尔微笑着对他说，随之把行李箱扛到肩上，显得满不在乎的样子，因为他还是个年轻力壮的小伙子。他目送着那位稍稍挥了挥手杖便随着人群离去的相识。这时,他突然想起自己把雨伞忘在船舱里了。他急忙上前求这位显然不大情愿的相识帮他照看一会儿箱子,匆匆地看了看眼前的情形,看好了折回去的路,便一溜烟似的跑去了。到了下面,他懊恼地发现本来可以供他走捷径的一条通道现在关闭了,这大概是因为所有的旅客都已经上了岸。于是他不得不穿过数不胜数的小舱间,沿着拐来拐去的走廊,踏着一道接一道上上下下的扶梯,艰难地寻找着那间里面仅摆着一张写字台的空房间。这条道他仅仅走过一两次,而且总是随着大流走的,他最终完全迷了路。他一筹莫展,连个人影也见不到,只听见头顶上响着成千上万咯噔咯噔的脚步声和那从远处传来的已经熄火的机器最终呵气似的转动声。他开始四处乱撞,随意停在一扇小门前,不假思索地敲起门来。"门开着!"里面有人喊道。卡尔急不可待气喘吁吁地推开门。"你干吗这么狠狠地打门？"一位彪形大汉问道，几乎看也不看卡尔一眼。一丝微弱昏暗的余光从上层船舱透过某个天窗，映进这寒酸的小舱室里。室内一张床，一个柜子，一把靠背椅连同这个人拥挤不堪地排列在一起。"我迷路了，"卡尔说，"这条船大得惊人，可我在旅途中丝毫也没有这种感觉。""是的，你说对了。"这人带有几分自豪说，依旧忙着修理一只小箱子的锁；为了听到锁舌咔哒锁上的声音，他用手把锁压来压去。"你进屋来吧！"这人接着说，"你可别老站在门外呀。""不妨碍你吗？"卡尔问道。"啊呵，你怎么会妨碍我呢！""你是德国人？"卡尔试探着要弄个明白，因为他听说过许许多多关于初到美国的人遭受无妄之灾的事，尤其是爱尔兰人作恶多端。"是，是的。"这人回答说。卡尔依然迟疑不决。这时，这人突然抓住门把手，狠力一拉，迅速关上了门，卡尔被拽进了屋里。"我无法忍受有人从走道上往里面看着我。"这人说着又修理起他的箱子。"无论谁路过这儿都往里面看看,这让人受得了吗?""可这会儿过道里一个人影也没有。"卡尔说着紧紧巴巴地挤在床腿旁,心里不是滋味。"我说的就是现在。"这人说。"事关现在,"卡尔心想,"这人可真难打交道。""你躺到床上去吧,那儿地方大些。"这人说。卡尔一边尽力往里爬,一边笑起自己刚才企图纵身鱼跃的徒劳。可是当他刚要爬到床上时,他却突然喊了起来:"天啦,我的箱子给全忘了。""箱子放在哪儿呢?""甲板上,一个熟人照看着。只是他叫什么呢?"他说着从母亲给他缝在上衣里的内兜里掏出一张名片,"布特鲍姆,弗兰茨·布特鲍姆。""这箱子你非常急需吗?""当然啰。""那你为什么要把它交给一个素不相识的人呢?""我把雨伞忘在船舱里了,我是跑回来取伞的,不愿随身拖着那只箱子。我哪里想到会迷了路。""就你一个人? 没人陪伴?""是的,就我自己。"我也许应该求助于这个人,卡尔思考着,我一时上哪儿去找个更好的朋友呢!"现在你连箱子都丢了,我根本用不着再提那雨伞了。"这人说着坐到靠背椅上,似乎卡尔的事现在赢得了对他的几分兴趣。"可我相信,箱子还没有丢失。""信任会带来幸运。"这人边说边使劲地在他那乌黑浓密的短发里搔来搔去。"在这艘船上,道德也在变化着;不同的码头就有不同的道德。要是在汉堡,你的那位布特鲍姆也许会守着箱子,可在这儿,只怕连人带箱子早就无影无踪了。""可是我得马上上去看看。"卡尔边说边看看怎样从床上爬起来。"你就呆着吧。"这人说着用一只手顶着卡尔的胸膛,粗暴地将他推回床上。"为什么呢?"卡尔生气地问道。"你去顶什么用!"这人说。"过会儿我也走,我们一道走好吧。你的箱子要么是让人给偷走了,找也无济于事,你到头来也只能是望洋兴叹;要么是那个人始终还在照看着它,那他就是个傻瓜蛋,而且会继续看守下去,或者他是个诚实的人，把箱子放在原地。这样等船上的人都走光了，我们再去找它岂不更好。还有你的雨伞。""你很熟悉这船上的情况？"卡尔狐疑满腹地问道；他似乎不敢相信等船上的人走光后就会更方便地找到自己的东西，觉得这种本来让人心悦诚服的想法中埋藏着某种不测。"我是这船上的司炉。"这人说。"你是这船上的司炉。"卡尔情不自禁地喊了起来，仿佛这事完全超越了所有的期待。他支起双肘，凑到近前仔细打量起这个人。"恰好就在我同那些斯洛伐克人住过的那间舱室前有一个天窗，透过它就能看到机房里。""对，我就在那儿工作。"司炉说。"我向来就着迷技术工作。"卡尔固守在一成不变的思路上说，"要不是我迫不得已来美国的话，将来会成为工程师。""你干吗非得来美国呢？""啊呵，那就别提啦！"卡尔说着手一挥，抛去了那全部的故事。这时他笑嘻嘻地瞅着司炉，好像在恳求他谅解那讳莫如深的事。"这其中想必会有什么原因吧。"司炉说,可谁也说不准,司炉说这话是有意要求还是拒绝卡尔说出那原因。"现在我也可以当司炉了。"卡尔说,"现在对我父母来说,我无论干什么差事,全都无所谓了。""我这个位子要空下来了。"司炉说,他完全有意这样说,两手插进裤兜里,那两条裹在褶褶皱皱的、皮革似的铁灰色裤子里的腿往床上一甩伸了开来。卡尔不得不挪到墙边。"你要离开这条船?""是的,我们今天就离开。""究竟为什么? 你不喜欢这工作?""对,事情就是这样,不总是取决于你喜欢不喜欢。另外,你说的也对,我是不喜欢这差事。你可能不是决意想当司炉,但要当非常容易。我可要劝你千万别干这事。既然你在欧洲就想读大学,干吗在这儿就不想上了呢? 美国的大学无论如何要强得多。""这很可能。"卡尔说,"可我哪儿有钱上大学呢? 我虽然在什么地方读到过有那么一个人,他白天给人家打工,晚上读书,最后成为博士，如果我没有记错的话，而且当上了市长。可是这得有锲而不舍的劲儿，你说不是吗？我担心自己缺少的就是这股劲儿。再说我也不曾是个成绩优秀的学生。说真的，中途辍学，我也没有把它当回事儿。而这儿的学校也许更严格。我对英语几乎一窍不通。我想，这里的人准会对外国人抱以偏见。""这等事你也听说过？那就太好了，那我就是他乡遇知己了。你看看，我们现在不是在一艘德国船上吗？它属于汉堡——美洲海运公司。为什么这船上不全都是德国人呢？为什么轮机长是个罗马尼亚人？他叫舒巴尔。这简直叫人想不通。而这条癞皮狗竟然在一艘德国船上欺负德国人。你可别以为，"——他几乎喘不过气来，打了个迟疑不决的手势——"我只是为抱怨而抱怨。我知道说给你也不顶什么用，你还是个穷小子。可这也太过分了。"随之，他一拳接一拳狠狠地敲打起桌子，边打边目不转睛地盯着拳头。"我在那么多船上干过，"——他一口气连说出二十个船名，就像念一个词似的，卡尔完全给弄糊涂了——"我向来干得都很出色，处处受到赞扬，总是船长得意的工人，而且在同一商船上一干就是好几年。"——他说着竟挺起身来，好像这是他一生中最辉煌的顶点——"而在这个囚笼里，无论干什么都受到约束，一点欢乐也没有，死气沉沉的。我在这儿是个无用的人，始终是舒巴尔的眼中钉，成了懒虫，只配被扔到外头去，靠人家的施舍过活。你懂吗？我就是弄不明白。""你可不能这样忍着。"卡尔激动地说。他几乎丝毫感觉不到，自己眼下处在一个陌生大陆的海滨旁，踩在一条船上那摇摇晃晃的舱板上。在这司炉的床上，他有了宾至如归的感觉。"你找过船长吗？你在他那儿讨要过你的权利吗？""咳，你走吧，你最好还是走开吧！我不想让你呆在这儿，你把我的话当耳边风，反而还给我出主意。我怎么会去找船长呢！"他又疲惫地坐下来,双手捂住脸。"我不可能给他出更好的主意。"卡尔喃喃自语说,甚或觉得不该在这儿出些让人家看不起的主意,倒应该去取自己的箱子。当父亲把那只箱子永远交到他手里时,曾戏谑地问道:它会跟你多久呢? 可现在这只珍贵的箱子也许真的失去了。惟一让他宽慰的是,无论父亲怎样去打听,也不会得到他现在一丝一毫的消息。同船的人能告诉的不过是他到了纽约。卡尔感到很遗憾,因为箱子里装的一切他还没有享用过;要说他早就该换件衬衣了,但没有合适的更衣地方也就省去了。可是现在,正当他在人生的道路上刚刚起步时,他多么需要衣冠整洁地登场,却不得不挂着这件污迹斑斑的衬衣来亮相。这下可够瞧的了。不然的话,就是丢失了箱子也不至于那么糟糕;身上穿的这套西装比箱子里的那套还要好些。那一套只不过是拿来应急用的,就在他临行前,母亲还要把它补了补。这时他也想起箱子里还有一块佛罗纳色拉米香肠。这是母亲特意给他放进去的,可他仅仅只吃去了一丁点。他在旅途中压根儿就没有胃口,统舱里配给的汤就足够享用了。此时此刻,他真盼着拿来那香肠恭奉给这位司炉。因为像这样的人,很容易被拉拢过来,只需施点什么小恩小惠就是了。这一招卡尔还是从他父亲那里学来的。他父亲就凭着给人家递烟拉拢那些跟他在生意上打交道的低级职员。卡尔现在可奉送的还有带在身上的钱,但他暂且不想动用它,即使他也许丢失了箱子也罢。他的心思又回到箱子上,他眼下真的弄不明白自己为什么在旅途中一直那么小心翼翼地守护着这箱子,多少个夜晚不敢合一眼,而现在却把这同一个箱子那么轻率地让人拿走。他回想起那五个夜晚,他始终猜疑那个矮小的斯洛伐克人在打他箱子的主意。这人就躺在他的左边,隔他两个床位,一味暗中窥视着卡尔随时会困倦得打起盹来的时刻,趁机会用那根白天总是在手上舞弄或者演练的长杆子将箱子钩到他跟前去。白天，他看来够纯真无邪，但一到天黑，就时不时地从铺上起来，垂涎欲滴地朝卡尔的箱子瞅过来。卡尔看得清清楚楚，因为这儿或那儿不时地会有人随着移民的哄哄嚷嚷，不顾船规而点起一盏小灯，借以试图去琢磨移民局那难以理解的公告。当这样的灯光在他近旁时，卡尔就会迷迷糊糊地打个朦胧。一旦这灯光离他远些或者四周昏暗暗的，他就必须睁着眼睛。这样劳累简直折腾得他精疲力竭。可是，这一切现在也许全都付之东流了。这个布特鲍姆，要是卡尔有机会在什么地方碰见他的话，非得让他瞧瞧厉害不可。

　　这时，外面从远处传来一阵阵短促的敲打声，好像是小孩的脚步声，一下子打破了这地地道道的宁静。响声越来越近，越来越大。原来是一群男人从容不迫地走过来。很显然，他们在这条狭窄的过道上自然列队行进，人们听到了武器相撞似的铿锵声。卡尔正想在床上舒展开身子,进入摆脱掉对箱子和斯洛伐克人的全部思虑的梦想之中,他大吃一惊,推了推司炉,提醒他注意,因为那队伍的排头似乎已经到了门前。"这是船乐队,"司炉说,"他们刚刚演奏完毕,要去收拾行李。现在一切都已就绪,我们可以走啦。"他抓住卡尔的手,在最后的时刻又从墙上揭下那张挂在床上方的圣母像,塞进他胸前的口袋里,提起行李箱,与卡尔一起匆匆离开这间舱室。

"我现在去办公室,把我的想法告诉那些先生们。船上的人都走光了,不必顾忌什么。"司炉以各种方式一再重复着这句话。他走着走着一只脚踹向一旁,企图踩住一只横穿而过的老鼠,可惜只是更快地把它踢进了正好还来得及钻的洞里去。他动作异常迟缓。虽说他拖着两条长腿,可它们却不大听使唤。

他们经过厨房的一角时,看见几个系着脏

围裙的姑娘——她们故意弄脏围裙——在大圆木桶里洗碗盘。司炉把一个名叫利纳的姑娘叫到跟前,手臂搂住她的腰,拥着她往前走了几步,姑娘偎依在他的怀抱里,一个劲地卖弄风情。"今天该发饷了,你愿意一块去领吗?"他问道。"干吗要我劳神呢? 你最好代我把钱领来。"她说着挣脱开司炉的手臂跑掉了。"你从哪儿捡来这么个英俊小伙子?"她又喊道,但不再企望得到回答。姑娘们一个个被逗得停下手里的活儿捧腹大笑。

然而,他们继续往前走,来到一扇门前。门上方装着一个三角楣饰,由一根根细小的镀金女像柱支撑着。作为船上的一个装饰,这未免太富丽堂皇了。卡尔发现他从未到过这里。这里可能是旅途中供给一、二等舱的乘客用的,而现在为了大清扫,船上的隔门全都卸去了。他们确实也遇上了几个肩上扛着笤帚,并且跟司炉打招呼的男人。卡尔对这么大的场面感到惊讶。他在统舱里，对此当然知之甚少。沿着过道，是一条条的电线，一个小钟不住地叮当叮当响。

司炉毕恭毕敬地敲了敲门。当有人喊"请进"时，他向卡尔打了个手势，要他进去别恐慌。卡尔跟着走了进去，在门旁却停住了步。他透过这房间的三扇窗户望着大海的波涛，观赏着那汹涌澎湃的欢快，心潮起伏，仿佛他五天来从未看见过大海似的。巨轮相互交错着它们的航路，只是依照着它们的重力让步于波浪的冲击。如果人们微微眯起眼睛看，那些巨轮就好像在纯粹的重力下摇晃。它们的桅杆上挂着一面面长条旗，虽说在航行中张得紧紧的，但依然不停地来回飘舞着。或者从战舰那儿传来礼炮的轰鸣。一艘战舰从不很远的地方驶过，舰上的炮筒连同它们反射的钢甲闪耀着一道道光芒，就像得到了那安全顺利有惊无险的行程的精心宠爱。至少从这扇门往外看去，人们只能看到远处各式各样的小船成群结队地驶入那巨轮的空隙间。就在这一切的后面,纽约拔地而立,用它那摩天大楼上成千上万个窗口注视着卡尔。站在这间舱室里,你就会知道自己到了什么地方。

一张圆桌旁坐着三位先生,一位是穿着蓝色船服的军官,另外两位是身穿黑色美国制服的港口官员。桌上高高地堆着一叠各种各样的文件。那军官首先挥着笔把文件浏览了一番,然后递给了那两位官员。他们俩时而阅读,时而摘抄,时而把文件塞进自己的文件夹里,要不就是其中一位口授让另一位记录些什么,嘴里还不停地发出牙齿磨撞的响声。

在窗前一张办公桌旁,背朝门坐着一位矮小的先生,忙碌地翻阅着齐头高排放在面前书架上的大账本。他身旁立着一个打开的钱箱,一眼看去,里面空空的。

第二个窗口毫无遮挡,可以让人极目远眺。可是靠近第三个窗口站着两位先生正在低声交谈，其中一位也穿着船服，倚靠在窗子旁边，手里抚弄着剑柄。同他谈话的那一位面向窗户，随着他一次次的晃动，不时地亮开了对方胸前佩戴的部分勋章。他身着便服，手里拿着一根细竹杖。由于他两手紧紧地插在腰间，竹杖翘立着犹如一把剑。

卡尔没有太多的时间去观看这里的一切，因为不大一会儿，一个听差朝他们走过来，问司炉究竟要来干什么。看他的目光，仿佛司炉就不是这儿的人。像听差问话一样，司炉也低声回答说，他想跟总会计先生谈谈。这听差履行了自己的职责，打着手势拒绝了司炉的请求，但还是踮起脚尖，避开圆桌绕了个大圈，走到那位忙碌着大账本的先生跟前。很显然，这位先生听到听差的话简直发起怔来。他终于转过身来望着这个要跟他谈话的人，接着挥挥手，毫不留情地拒绝跟司炉谈话，并且为了保险起见，连听差也撵开了。听差随之回到司炉跟前，似乎带着一种托付什么的口气说:"你赶快离开这个房间吧!"

司炉听了这话后,低下头看着卡尔,仿佛卡尔就是他的心,默默地向这颗心倾吐着自己的苦楚。卡尔不假思索地冲上去,横穿过屋子,甚至无所顾忌地从那军官的靠背椅旁擦过去。那听差弯着身子,张开准备抱缚的手臂跟上去,像是在追捕一只甲虫。可是卡尔已经抢先赶到了总出纳的桌旁,紧紧地抓住桌子,免得什么人会企图把他拽开。

不言而喻,整个屋子一下子变得热闹起来了。那个坐在桌旁的军官蹦了起来;两个港口官员平静而全神贯注地观望着;窗前的两位先生并排站到一起;听差觉得这些高贵的先生已经出面了,不再有他插手的地方,便退了回去;站在门旁的司炉紧张地等待着有必要让他助阵的时刻;总出纳坐在靠背椅里往右转了一大圈。

卡尔当着这些人的面,毫不迟疑地从内兜

里掏出他的旅行护照,未做任何介绍,摊开放在桌上。总出纳似乎把这护照不当回事,用两根指头把它弹到一边。卡尔随之又把护照装进衣兜里,仿佛这手续已经圆满地办理完毕。"请允许我说几句话,"卡尔终于开腔了,"照我看,如此对待这位司炉先生是不公正的。这里有个叫舒巴尔的人骑在他头上作威作福。司炉先生已经在许多船上干过,他能给你们说出全部船名来。他干得无可挑剔,勤勤恳恳,恪尽职守。可真的让人不能理解的是,他为什么偏偏在这条船上左右不是人呢! 更何况这里的差事并不比在商船上难多少。这里无非是恶意中伤在作怪,阻挠他晋升,使他得不到本来应该得到的承认。我只是笼统地说说这事,而司炉先生非同小可的境遇,他自己会讲给你们听的。"卡尔有意要把这事说给在场的先生们听听。他们确实也在竖耳静听,看来他们当中非常有可能站出一个主持公道的人来。而这个主持公道的人绝不会是总出纳。再说卡尔出于机智，闭口不谈他跟司炉只是刚刚认识。另外，他站在现在的位子上第一次瞥见了那位手持竹杖的先生。这人满脸通红，使卡尔感到迷惑，要不他还会讲得更是有板有眼，头头是道。

"他说的字字句句都是真的。"司炉还没等到有人问他就开口了，甚或人家看都没看他一眼。司炉的急不可耐险些酿成大错，幸而那位佩戴勋章的先生已经打定主意要听听司炉的说法。卡尔现在才明白这人肯定就是船长。这人伸出手，冲着司炉喊道："你过来！"这强硬的声音似乎能斩钉截铁。现在一切都取决于司炉的举动了。至于他的事，卡尔一点也不怀疑是正义的。

幸好司炉久经世故，见过大世面。他十分镇静自若，伸手从他的小箱子里取出一叠证件和一个笔记本，捧着走到船长跟前，摊在窗台上，仿佛这是不言而喻的事情。他完全不屑于理睬总出纳。总出纳无可奈何地自己搅了进去。"这人是出了名的常有理,"他解释说,"他守在出纳室的时间比在机房里还多。他把舒巴尔这个平心静气的人折腾得无所适从。你听着!"他说着转向司炉。"你这样胡搅蛮缠,实在太过分了。你没完没了地无理取闹,人们多少次把你从出纳室轰了出去,这完全是你自找的!你又多少次从那儿跑到总出纳室里来闹!人们一次次好心相劝说,舒巴尔是你的顶头上司,你一定要甘心当他的下属,跟他好好共事!而你现在得寸进尺,甚至追到这儿来纠缠船长先生,好不害臊!更有甚之,你恬不知耻地带来这个乳臭未干的小子,学着你那无聊透顶的腔调,为你鸣叫不平。这小子我还是第一次在船上看到。"

卡尔极力克制着自己,没有跳上前去。这时,船长开口说:"还是让他说给我们听听吧!不管怎么说,我看舒巴尔越来越变得过分专断了。但这话我可不是有意要顺着你说的。"后面这句话是说给司炉听的。船长自然不会马上替司炉说话，但一切似乎都已进入了正轨。司炉开始了他的一席话，一开始就克制自己，称舒巴尔为"先生"。卡尔站在被冷落的总出纳的办公桌旁喜不自胜，不停地把一个称信件用的天平压来压去，情不自禁。舒巴尔先生是不公正的。舒巴尔先生袒护外国人。舒巴尔先生把司炉赶出机房，让他打扫厕所，这本来就不是司炉的事。他甚至怀疑舒巴尔先生的干练也是不可靠的，与其说他干练，还不如说他善于装腔作势。司炉说到这里，卡尔全神贯注地凝视着船长。看那亲切可爱的样子，仿佛他是船长的同事，其实不过是为了使船长不要因司炉笨拙的申述方式对他产生不利的影响。无论怎么说，从司炉那一大堆谈话里，谁也没有听出个所以然来。虽然船长仍一直朝前望着，从他的眼神也看得出他决心这一次要听完司炉的陈述。但其他几位先生变得不耐烦了。司炉的声音顷刻间也失去威震这间房子的力量，这不免让人有点担心。首先是那个身着便装的先生，开始挥动他的竹杖敲击地板，尽管敲得很轻；其他先生当然也这儿望望，那儿看看；港口的两位官员显然已经心急火燎，又拿起那些文件，心不在焉地查阅着；那个海军军官又靠近自己的办公桌；以为胜券在握的总出纳嘲讽似的深叹了一口气。惟有那听差没有陷在这笼罩起来的心不在焉的气氛里，他一起感受着这个被置于大人物奴役之下的可怜人的种种痛苦，郑重其事地向卡尔点着头，似乎借此要说明什么。

这期间，窗前的港口上依旧是一片繁忙景象。一艘平底货船满载着堆积如山的圆桶从近旁驶过，遮得这屋子几乎陷入一阵黑暗。船上的圆桶摆放得实在了不起，纹丝不动。一艘艘小汽艇随着直立在舵盘前的掌舵人两手的抽动径直呼啸着驶去。要是卡尔现在有时间的话，他准会大饱个眼福。千奇百怪的漂浮物时而自由自在地从汹涌澎湃的海水中浮上来，时而又立刻被淹没下去，在惊奇的目光前消失。远洋轮船的小艇满载着乘客，由水兵们卖力地划向前去。乘客们好像被挤塞到那小艇上似的，无声而满怀期盼地坐在那里，即使也有人东瞅瞅西望望，不放过看看这变幻多端的情景。一种没完没了的动荡，一种由那动荡的自然力转嫁给无依无靠的人们及其创造物的不安。

然而，一切都告诫你要争取时间，要言简意赅，要完全准确地表述。可是这司炉干了些什么呢？他讲得不过是大汗淋漓。那颤抖的双手早已抓不住放在窗台上的证件，对舒巴尔的怨恨从四面八方涌上他的心头，而且在他看来，这其中的每一个细节都足够把这个舒巴尔彻底埋葬。然而他能够诉说给船长的，完全是一堆昏头昏脑杂乱无章的蠢话。那个手执竹杖的先生早已冲着天花板吹起口哨了。港口的两位官员已经把那军官拉到他们桌旁，看样子也不会再放过司炉。总出纳心里直痒得跃跃欲试,显然只是看着船长的沉静而沉住了气。那听差严阵以待,时刻期盼着执行船长发出针对司炉的命令。

这时卡尔再也坐不住了。他从容不迫地朝这些人走过去,边走边越发迅速地思考着如何尽可能巧妙地来干预这事。现在确实到了最关键的时刻,仅仅还有短暂的一瞬间了,他们俩还能够体面地走出这间办公室。船长也许是个心地善良的人。在卡尔看来,船长正好现在更有理由充当主持公道的上司,但他毕竟不是任人随意玩弄的工具,——而司炉正是这样对待他的,当然这出于他内心深处极度的愤怒。

于是卡尔冲着司炉说:"你要把事情说得简明扼要些。像你现在这样陈述,船长先生就无法断个是非曲直。难道他熟悉个个轮机长和小听差的名字甚或教名吗?难道你只要一说出这样一个名字他马上就能知道指的是谁吗?你好好理一理你的苦楚,先说最重要的,其他一语带过就行了,也许绝大多数无关紧要的枝节根本连提的必要都没有。你给我讲得一直是那么有条有理。"如果在美国有人可以偷箱子,那么偶尔说一次谎又何尝不可呢,他心想着解脱自己。

但愿这样做会于事有补!或许这样做是不是已经太晚了?司炉一听到这熟悉的声音,马上中断了自己的讲话,但他的眼睛完全给泪水蒙住了,连卡尔的面容一点儿也分辨不清了。这是一个蒙受耻辱的男子的尊严之泪,往事不堪回首之泪,眼下困苦交加之泪。他现在怎么会——卡尔面对眼前这位沉默的人无疑暗暗地理会到了——他现在怎么会一下子改变他说话的方式呢?他好像觉得他想要说的都说过了,却未得到一丝一毫的承诺,又仿佛什么话还没有说过似的,眼下也不能指望这些先生再听他把事情原原本本地陈述一遍。而在这样的时刻,卡尔出面了，他依然是司炉惟一的支持者，想好好地开导一下司炉。然而，他非但没有做到出谋献策，反倒告诉他一切的一切都失去了。

要是我不去观看窗前的景致，早点站出来就好了，卡尔自言自语地说。他面对司炉低下头去，两手拍打在裤缝上，示意任何希望都破灭了。

但司炉误解了卡尔的意思，肯定揣摩着卡尔在暗暗地责怪他什么。他怀着让卡尔别责怪他的好意，开始跟他争吵，以圆满结束他的所作所为。这时，圆桌旁的先生们早就对这干扰他们要事的、无聊透顶的喧闹愤怒了；总出纳越来越觉得船长的耐心不可理解，恨不得立刻爆发出来；那听差完全又回到主人的势力范围里，瞪着凶狠的目光审视着司炉；最后是那位手执竹杖的先生，他对司炉已经全然麻木不仁了，司炉的言行令他作呕，于是他掏出一个小笔记本，显然做起了别的事情，目光不停地在笔记本和卡尔之间来回移动。甚至船长也不时友好地朝他望过去。

"你不用说,我知道。"卡尔说,竭尽全力去阻挡住司炉现在冲着他滔滔不绝地发泄。尽管如此,他在争吵中始终给司炉露出一副友好的笑容。"你是对的,一点没错,对此我始终坚信不疑。"他宁可装出害怕挨打的样子上去抓住司炉挥来舞去的手,当然更情愿把他挤到一个角落里,悄悄地对他说几句谁都听不到的安慰的话。但司炉完全失去了自制。卡尔现在甚至想从思绪中寻求一种安慰的办法,因为司炉在不得已的情况下会不顾一切地征服这七个在场的男人的。可是一眼看去,那办公桌上放着一个装着许许多多电线按钮的控制盘,只要一只手随便一按,这整个船连同它所有挤满敌对的人们的通道顿然就会被弄个天翻地覆。

这时,那个手执竹杖、如此漠然置之的先生朝卡尔走过来,声音不高不低,但清晰地压着司炉的叫喊问道:"你究竟叫什么?"这当儿有人敲起门,似乎就在门后等着这先生开口说话。听差朝船长看去,船长点了点头。于是听差过去打开门。门外站着一位身着老式帝王上衣的男人,中等身材,看外表不大像是跟轮机打交道的——他就是舒巴尔。连船长也不例外,都流露出满意的神色,要是卡尔不去注视着这些人的眼睛的话,他准会吃惊地看到司炉收紧两臂,攥紧拳头,仿佛这凝结了他身上最重要的东西,随时准备为此牺牲自己的一切。现在他把全身的力量,也包括维持着他站立的力量统统都聚结在这拳头上。

而此时此地,这个仇敌身披节日盛装,自由自在,精神焕发。他腋下夹着一个业务本,大概是司炉的工资单和工作卡。他毫无惧色地逐一扫视着大家的眼神,首先坦然地断定每个人的情绪。这七个人全是他的朋友。虽说船长开始说过批评他的话,或者那也许只是推托之词，但司炉给他带来痛苦以后，他似乎觉得对舒巴尔没有了一丝一毫的指责，而对待司炉这样的人，无论采取什么严厉的方式都不过分。如果说舒巴尔要受到什么责备的话，那就是在这期间，他没有能够制伏司炉的蛮不讲理，使得他今天还在船长面前恣意妄为。

人们此刻或许还可以这样想象，如果司炉与舒巴尔的对质面对上苍理所当然地会产生作用的话，那么在这些人面前也是不会付诸东流的。固然舒巴尔善于伪装，但他决不可能天衣无缝地坚持到底；只要他的卑劣行径稍一露出破绽，就足以使在场的先生们看清他的真面目。卡尔就是要达到这个目的。他对这里每位先生的洞察力、弱点和情绪都已有所了解。从这一点来说，在这里度过的时间可不是浪费了。要是司炉能应付得强一点就好了。但他显得全然无能为力。如果说有人把舒巴尔推到他面前的话，他准会把这个可恨的脑袋当作一颗薄皮核桃一样敲得开花。可是,他几乎没有朝舒巴尔走近几步的能力。为什么卡尔竟然没有预料到这谁都会预料到的事呢?舒巴尔最终肯定会来,即使不是出于自愿,也会被船长唤来。为什么他同司炉在来这里的路上没有商量好一个周密的对付方案,而实际上是一碰到门就毫无准备、冒冒失失、无可挽回地闯将进去呢?司炉还能说话吗?还能说出"是"和"不是"吗?可这在盘问中是必不可少的。当然,这样的盘问只是在最有利的情况下才有可能。司炉叉开两腿站在那儿,两膝微微倾屈,脑袋稍稍仰起,气流穿过那张开的嘴,仿佛胸膛里没有了呼气吸气的肺。

当然,卡尔感到浑身是劲,头脑清楚,他或许在家里从来就没有过这样的感觉。在异国他乡,他面对一群有名望的人物而维护善者,即使他还没有取得胜利,但准备着为赢得最后的胜利全力以赴。如果他的父母能看到这个场面，那该多好啊！那么他们会改变对他的看法吗？会让他坐到他们中间表扬他吗？会一次次看着他那恭从他们的眼睛吗？这全都是些捉摸不透的问题，而且提得根本不是时候。

"我之所以来，是因为我相信司炉在指控我怎样诡诈。厨房里一位姑娘告诉我，她们看见他到这儿来了。船长先生，诸位先生，我随时准备着拿我的书面材料，必要时通过在门前等候的、没有偏见和不受左右的证人的陈述来驳斥任何指控。"舒巴尔这样讲道。诚然，这是一个男子汉明确不过的演说。看听者面部表情的变化，人们会以为，他们等了好久之后第一次又听到了人的声音。他们当然不去议论这即便是再美妙动听的演说也有破绽。为什么他想起的第一个实质性的词就是"诡诈"？难道他在这儿不得不使用的"指控"二字不就是他那民族偏见的替代吗？厨房里一位姑娘看见司炉到办公室来了，而舒巴尔立刻就意识到会发生什么？

难道这不是负罪意识使他的头脑异常敏感吗？而且他马上就带来了证人，并口口声声说他们没有偏见？不受左右？招摇撞骗，十足的招摇撞骗！而这些先生竟然容忍着，甚至把它看作无可挑剔的行为？为什么他肯定无疑地把厨房姑娘的报告和他来到这儿之间那么多的时间一语抹去了呢？他这样做是别有用心：他要让司炉把这些先生磨得精疲力竭，使他们逐渐丧失清醒的判断力。这种判断力首先是舒巴尔最害怕的。他无疑早就站在了门后，听到了那个先生提出的那个无关紧要的问题，期盼着司炉闹得精疲力尽。难道他不就是在这样的关头敲起门了吗？

一切都不言而喻，而且也是舒巴尔别有用心地表演给人们看的。而对这些先生必须换个方式说，说得更明确些。他们需要被唤醒。也就是说，卡尔现在要当机立断，起码要赶在证人出场淹没全部真相之前充分利用这个时机。

就在这时候,船长示意舒巴尔别再说下去了。舒巴尔立刻把身子挪到一旁——因为他的事好像要搁置一会儿——,和那个马上就跟他凑到一起的听差开始窃窃私语。他目光不时地瞥向司炉和卡尔,打着充满自信的手势。舒巴尔似乎以此来演练着他下一次非同小可的演讲。

"雅各布先生,您不是要问这位年轻人什么吗?"船长在一片寂静中问那位手执竹杖的先生。

"当然啰。"这位雅各布说,彬彬有礼地欠欠身,感谢船长的关照。接着,他又一次问卡尔:"你到底叫什么?"

卡尔心想,把这个执意要问到底的插曲快快应付过去,当然有助于大事的进行。于是这次他没有习惯式地出示护照来自我介绍,而是简单地答道:"卡尔·罗斯曼。"

"可是……"这个被称做雅各布的人说,开始几乎不敢相信地微笑着向后退去。船长、总出纳、海军军官乃至听差也都对卡尔的名字明显地表现出一种过分的惊讶。只有那港口官员和舒巴尔对此漠然置之。

"可是,"雅各布先生重复说,迈着有点僵硬的步子朝卡尔走去,"这么说,我就是你舅舅雅各布,你就是我亲爱的外甥呀。我从一开始就猜想是这么回事。"他转向船长说。然后,他又是拥抱,又是亲吻,卡尔一声不响地听任着这一切。

"请问您尊姓大名?"卡尔感到被松开后问道,虽然很有礼貌,但显得完全无动于衷的样子。他竭力捉摸着这突如其来的事情会对司炉带来什么结果。暂且还没有任何迹象表明,舒巴尔会从这件事中捞到什么好处。

"年轻人,你要懂得这是你的幸运。"船长说,觉得卡尔的问话伤害了雅各布先生的人格尊严,身子转向窗口,用手帕轻轻地擦着脸面,显然是不愿让人看到他那非常激动的神色,"这是参议员爱德华·雅各布先生,他已经向你说明他是你舅舅。从现在起,等待你的是一条跟你迄今的期望完全相反的光辉灿烂的前程。你好好地想一想,你一开始就这么走运,你要好自为之。"

"诚然,我有一个叫雅各布的舅舅在美国。"他转向船长说,"但如果我没有弄错的话,只是这位参议员姓雅各布。"

"是这样。"船长充满期望地说。

"我是说我的舅舅雅各布,他是我母亲的兄弟,但雅各布是他的教名,而他的姓当然肯定跟我母亲一样。我母亲的娘家姓是本德迈耶。"

"我的先生们!"参议员喊道,离开在窗旁歇息的位子,兴冲冲地走回来,是冲着卡尔的解释而来的。除了港口官员外,大家都哈哈大笑起来,有人发自肺腑,有人讳莫如深。

我所说的绝对不至于那样可笑吧,卡尔心想。

"我的先生们，"参议员重复说，"你们违背我的，也违背你们的意愿参与了一场微不足道的家庭争论，因此我只好向诸位作一解释。我相信，这里只有船长先生——"提到船长，他们相互躬身致意——"知道事情的原委。"

现在我可不能轻易放过任何一个字眼，卡尔自言自语道，朝旁边瞥了一眼，发现生机又回到司炉的身上，不禁感到高兴。

"我在美国逗留这么多年以来——诚然'逗留'这个词对我这个全心全意的美国公民来说是很不贴切的——，也就是说，这么多年以来，我跟我在欧洲的亲属完全断绝了联系，原因之一与在座的无关；原因之二一言难尽。我甚至害怕有一天我不得不把实情告诉我这亲爱的外甥。遗憾的是，我同时还不可避免地要谈到他的父母及其亲戚。"

"他是我舅舅，一点儿没错。"卡尔一边自言自语地说，一边竖耳细听，"他可能是改名了。"

"我亲爱的外甥简直就是被他的父母——我所说的'父母'二字,实际上也不过是指名称而已——赶出家门的,就像把一只惹人生气的猫赶出门一样。我绝对不想在这里掩饰我外甥的所作所为,掩饰他受到这样的惩罚。掩饰不是美国人的习惯。而他的过错,只要简单一提就可足以让人宽恕。"

"这话值得一听。"卡尔心想,"但是我不愿意让他把事情说给大家听。可话说回来,他也不可能知道。他从哪儿知道呢? 不过我们等着瞧吧,他终会知道一切的。"

"也就是说,他受到——"舅舅接着说下去,微微倾起身子,靠在支撑在面前的竹杖上。这样一来,其实也免去了这事本来无论如何都会少不了的一份庄重——"也就是说,他受到一个名叫约翰娜·布鲁默尔的女佣,一个三十五岁上下的女人的勾引。我用'勾引'这个字眼绝对无意要伤害我外甥的心,但是难就难在另外找到一个恰如其分的词来。"

已经走到舅舅近前的卡尔停步转过身来，想从在座的各位脸色上看出他们对这番话的反应。没有人笑，一个个都静心而严肃地听着。人们毕竟也不会在这千载难逢的机会来取笑一个议员的外甥。这里可以说的倒是，司炉面带微笑望着卡尔，哪怕是一丝一纹也罢。可这微笑是新的生命的象征，既值得高兴，又可以原谅。这时，舱室里的卡尔则试图从这个现在已经人人皆知的隐私里保守住一个特别的秘密。

"就是这个布鲁默尔，"舅舅接着说，"和我外甥生了一个孩子，一个健康的小子，洗礼时取名雅各布，这无疑联想到了鄙人。我的外甥肯定只是随便提到过鄙人，却给那个姑娘留下了很深的印象。这是值得庆幸的，我说。因此，我外甥的父母为了避免支付抚养费或者其他直至降临于他们头上的丑闻——我要强调的是，我既不懂那儿的法律，也不了解他父母的其他情况，而只是从他父母前些日子的两封乞求信里知道这些的。这两封信虽说没有回复，但保存着，这也是这么多年中我跟他们惟一的、况且也是单方的信件联系——，也就是说，我外甥的父母为了不用支付抚养费和避免丑闻，就将他们的儿子，我亲爱的外甥不负责任地发落到美国来。正像大家所看到的，他孑然一身，连起码的必需品也没有。姑且撇开正好还存在于美国的奇迹不说，像这样一个小伙子，如果他全要凭自己来养活自己，马上就会在纽约的哪条胡同里堕落下去。多亏那个姑娘给我写了封信来，告诉我事情的原委，描述了我外甥的相貌，并且细心周到地连他乘坐的船名都写在了里面。这封信几经辗转，前天才好不容易到了我的手里。诸位先生，如果说我是存心要占用你们的时间的话，那我就可以把这封信里的几段"——他从口袋里掏出两大张写得密密麻麻的信纸晃了晃——"在这里念一念。这封信肯定会打动你们，因为它是带着颇为单纯的、但无论如何又怀着善意的狡猾和充满对孩子父亲的爱写成的。但是我不想占用你们更多的时间，只是借机作必要的解释罢了，更不愿意使我外甥听到后可能会伤害他现在的感情。如果他愿意的话，就可以在那间已经期待着他的房间里静静地阅读这封信，以吸取这个教训。"

但卡尔对那个姑娘并没有什么感情。在回顾那一段越来越使他厌恶的往事时，他感到很窘迫。她总是坐在厨房的碗柜旁，胳膊肘支在柜台上。当他进进出出厨房时，不是替父亲取只喝水杯子，就是帮母亲干什么事，她总关注着他。有时候，她以六神无主的样子在碗柜的一侧写信，从卡尔的脸上获取灵感。有时候，她用手捂着两眼，跟谁都不搭腔。有时候，她跪在自己位于厨房旁边的小房间里对着一个木十字架祈祷，卡尔走过时，只是羞怯地透过稍稍掩闭的门缝看看她。有时候，她在厨房里兜过来兜过去，卡尔一挡住她的路，她就像女妖一样笑嘻嘻地缩回去。有时候，卡尔一进来，她就关上门，手抓着把手，直到他央求要出去。有时候，她取来卡尔根本就不想要的东西，一声不响地塞到他的手里。可是有一次，她叫起了"卡尔"，也不管卡尔对这出乎意料的称呼感到多么惊奇，她又是做鬼脸，又是唉声叹气地把卡尔拽进她那小房间里，随手关上了门。她疯狂地搂住他的脖子，一边求卡尔剥去她的衣服，一边把他的衣服剥得精光，将他按到床上，要抚摸他，温存他，仿佛从现在起决不把他让给任何人，直到世界的末日。"卡尔，噢，我的卡尔！"她喊着他，似乎在看着他，并且向自己证实占有着他。而他什么也不去看。他躺在那显然专门为他铺垫的、厚实温暖的被窝里感到不是滋味。然后，她也躺到他身边，想听听他的什么秘密。可他什么也不会给她说，她似真似假地生起气来，摇晃着他，倾听着他的心房，又把胸部挺过去让他也这样听。但是卡尔执意不肯听。她把赤裸裸的腹部压在他身上，用手在他的两腿间搜寻着，那么令人作呕，卡尔连头带脖子都摇得从枕头上滚将下来。接着她用腹部一次次地撞着他，他觉得她好像成了他的一部分。也许正是出于这个原因，一种可怕的需求协助的情感占据了他。他最终一次次地满足她幽会的欲望，又一次次地哭丧着脸回到他的床上。这就是所发生的一切。然而舅舅却会借题发挥，演绎出一个耸人听闻的故事来。而那个女佣偏偏也想到了他，并且把他抵达美国的日期告诉给了舅舅。这事她干得很漂亮，他有朝一日会报答的。

"那么现在，"参议员喊道，"我想当众听听你说，我是不是你舅舅。"

"你是我舅舅。"卡尔说着吻了吻他的手。舅舅随之吻了吻他的额头。"见到你我很高兴。但是，如果你以为我的父母只说你坏话，那你就弄错了。可除了这事以外,你的言语中也还有不妥之处。这就是说,我认为,事实上并非所有的事情都是那样发生的。可话说回来,你身在这儿,确实也不可能把事情判断得那么准确。另外,我觉得,如果这些先生对一件他们确实不会放在心上的事在细节上的了解有所出入的话,也不会出什么特别大不了的问题。"

"说得好。"参议员说,并且把卡尔领到显然关切着这事的船长跟前。"你看我不是有一个了不起的外甥吗?"

"很荣幸,"船长一边说,一边鞠躬致意,看来跟受过军事训练的人一模一样,"在这里结识了您的外甥,参议员先生。我这艘船能够充当这样一次相逢的场所,真是莫大的荣幸。不过,乘坐统舱的旅程也许太不尽如人意了。可是谁会知道那儿坐的是些什么人呢!比如有一次,匈牙利头号大贵族的长子乘坐过我们的统舱,他的名字和旅行的原因我已经记不起来了。

这也是我后来才听说的。现在我们尽一切努力，要最大可能地使乘坐统舱的旅客在旅途中轻松舒适些，比如说要比美国的轮班强多了。但是要把这样的旅程变成一种享受，我们当然始终还办不到。"

"这对我没有什么不好。"卡尔说。

"这对他没有什么不好！"参议员大声笑着重复道。

"我只是担心我的箱子丢了……"卡尔不由想起了所发生的一切，想起了他现在还要做的一切。他看了看四周，发现所有在场的人都呆在他们原先的位子上，关注和惊奇得一声不吭，一个个的目光都盯着他。惟有那两个港口官员，从他们严肃而自鸣得意的神色里可以看出，他们的遗憾来得那么不是时候。那块他们刚才放到面前的怀表对他们来说似乎比这屋里发生的一切和也许还会发生的一切都更为重要。

值得注意的是，随着船长之后，第一个表

示关心的是司炉。"我衷心祝贺你！"他边说边和卡尔握手，借此也想表达出某些被人承认的感觉。当他接着转向参议员要表示同样的祝贺时，这位却向后退了去，仿佛司炉这样做超出了他的权利。于是司炉也立刻放弃了。

但其他人现在清楚地意识到该做什么：他们马上就围着卡尔和参议员挤成一团。这样一来，卡尔甚至得到了舒巴尔的祝贺。他心领了，并对此表示感谢。在其间又出现的宁静中，最后走向前来祝贺的是那两个港口官员，他们说了两句英语，给人留下了可笑的回味。

参议员神采奕奕，尽情地享受着这种欢乐，要把这些相对来说次要的瞬间插曲带进自己和其他人的回忆中。这一切自然被大家不仅容忍，而且也颇有兴味地领受了。这样，他特别告诉大家，他把那个女佣在信中提到的卡尔最突出的标志一一地记在了他的笔记本里，以备可能必要的时刻用。也正因为这样，当司炉喋喋不休的废话让人难以忍受时，他无非是为了转移自己的注意力，掏出这个笔记本，试图把女佣那当然并非侦探般确切的观察与卡尔的相貌联系起来，借以来开心。"哦，我就这样找到了我的外甥。"听他最后这句话的口气，似乎希望再一次得到大家的祝贺。

"现在司炉怎么办呢？"卡尔接着舅舅最后的讲述顺便问道。他觉得处在这新的地位上，心里想什么都可以说出来。

"司炉该怎么办就怎么办吧。"参议员说，"船长认为怎么好就怎么办。我相信，我们的耳朵都让司炉给灌满了，实在太满了。我想每位在座的先生都会赞成我的看法的。"

"可是涉及到一个公正问题时不能以此来下定论。"卡尔说。他站在舅舅与船长之间，相信或许通过这个地位的影响会左右逢源。

尽管这样，司炉好像不再抱任何希望。他把两手插在裤带里，由于他激动得动来动去，花格衬衣边露在皮带外面。他对此一点儿也没在乎。他把自己全部的苦痛都吐露出来了。现在人们还会看到的，就是他挂在身上的那几件不得体的衣服，然后便会把他弄走。他想象着，这听差和舒巴尔是这儿地位最低的两位，他们将会向他表示这最后的宽容。从此以后，舒巴尔就会放下心了，而且不会再陷入无计可施的境地，正如总出纳说的那样。船长就有可能雇用一色的罗马尼亚人，四处都会听到讲罗马尼亚语，也许一切真的会更好。不会再有司炉来总出纳室里没完没了地抱怨了。惟有他最后这场废话连篇的诉说将会留在人们相当美好的记忆里，因为——正如参议员特别说明的——它为认外甥提供了间接起因。另外，这位外甥先前一再力图要帮助司炉，因此对司炉在舅舅和外甥相认中的功劳早在这之前就已涌泉相报了。司炉现在一点儿也没想到还向他提什么要求。再说，尽管卡尔是参议员的外甥，但他毕竟远远不是船长，而最终从船长嘴里吐出来的用心险恶的话则举足轻重。同他的想法一样，司炉也没心思朝卡尔看去。可遗憾的是，在这间敌对者的房子里，哪里还有地方容得下他的眼睛呢！

"别曲解了实际情况。"参议员对卡尔说，"这也许涉及到一个公正问题，但同时也涉及到一个纪律问题。在这里，这两者，尤其是后者取决于船长先生的裁决。"

"原来是这样。"司炉喃喃自语道。谁觉察和理会了这话，谁就会笑得诧异。

"此外，这船刚到纽约，船长肯定公务成堆，我们已经这样妨碍了他的工作，现在该是我们离船的时候了，免得再节外生枝，再让某些丝毫也没有必要的干预把这两个轮机长之间不值一提的口角弄得纷纷扬扬。亲爱的外甥，我完全理解你的行为，而正是这个赋予我把你从这儿快快带走的权利。"

"我马上给您叫一条小船来。"船长说,而对舅舅的话没有表示一丝一毫的异议,这叫卡尔很吃惊。人们倒无疑会把舅舅的这番话当成是一种自谦。总出纳急不可待地跑到办公桌前,打电话向船工传达船长的命令。

"时间已经很紧迫了。"卡尔自言自语说,"要是不得罪任何人,那我就什么事也别做。我现在确实不能离开舅舅,他好不容易才把我找到了。船长虽然客客气气的,但充其量莫过如此而已。一说到纪律,他也就没有了客气;而舅舅肯定给他说的是心里话。跟舒巴尔没有什么可谈的,我甚至悔不该去跟他握手。而所有其他人都是一群废物。"

他这样思索着慢慢地走到司炉跟前,从裤带里拉出他的手,把它轻轻地握在自己的手里。

"你为什么一声不吭呢?"他问道,"你为什么一切都听凭自然呢?"

司炉只是皱了皱额头,似乎是在为他要说的

话寻找表达，同时低头看着卡尔和他自己的手。

"在这艘船上，没有谁像你一样受到如此不公正的对待，这我知道得清清楚楚。"卡尔的手指在司炉的手指间来回移动着，司炉睁着闪闪发亮的眼睛看着四周，似乎一种幸福之感油然而生，但愿不会有人扫他的兴。

"但你必须起来抗争，说明是非，要么这些人就不知道事情的真相。你得向我保证，照我说的去做，因为我担心由于种种原因根本不可能再出面帮你了。"随之，卡尔吻着司炉的手不禁哭了起来，他捧起司炉那粗大而僵硬的手紧紧地贴在自己的面颊上，就像是一件舍不得放弃的宝贝。就在这时，参议员舅舅也已经来到他身旁，连说带拽地把他弄走了。"司炉好像让你着了魔似的。"他边说边心照不宣地从卡尔头顶上朝船长看去，"你感到很孤独，正好找到了司炉，你现在感激他，这是完全值得称道的。但是，看在我的分上，你别做得太过分了，要学着明白自己的身份。"

　　门外响起一阵喧闹声,听见有人在叫喊,甚至好像有人被粗暴地推撞到门上。一个水手走了进来,一副粗俗不堪的样子,身上系着一条女人的围裙。"外面有人!"他喊道,并且两肘四下撑来撑去,仿佛他还处在拥挤的人群里似的。最后他恢复了理智,打算向船长行礼。这时他发觉了那条系在腰上的女人围裙,一把扯了下来扔到地上说:"这真叫人作呕,他们把一条女人围裙系在我的身上。"说毕他"啪"的一声并拢脚跟行了个礼。有人想笑出声来,但船长却严肃地说:"我看这就叫做情绪高昂。是谁在外面呢?""我的证人。"舒巴尔抢先说,"我深切地请您原谅他们的失礼行为。这些家伙只要船一入港,有时候就像发疯了一样。""把他们立刻喊进来。"船长命令道,马上又转向参议员殷勤而迅速地说,"尊敬的参议员先生,劳驾您现在和您的外甥跟着这位水手走好吗? 他会把您送到小船上。我要说的都是后话了。参议员先生，结识您使我欢乐不已，荣幸备至。我只希望不久会有机会与您参议员先生能够再一次接着我们中断了的关于美国远洋海运情况的话题，到时也许会像今天一样，又一次如此愉快地中断这样的话题。""眼下有这么一个外甥就够了。"舅舅笑哈哈地说，"请接受我对您的盛情致以最深切的谢意。多保重！再说我们远非不再没有了可能，"——他把卡尔真挚地搂在怀里——"在下一个欧洲之行时会相处更长一段时间。""这叫我感到由衷的高兴！"船长说。两位先生相互握手道别，卡尔只是一声不响地稍稍跟船长握握手，因为大约有十五个人已经冲着他围上来。他们在舒巴尔的带领下虽然有些慌慌张张，却又吵吵嚷嚷着往里拥。那水手请求参议员跟在他后面，自己在前面为他和卡尔从人群里开出一条道，以便他们顺利地从躬身致意的人群里穿过去。看来这些素日心地善良的人把舒巴尔和司炉之间的争吵当作一件开心事，那可笑劲甚至当着船长的面也无所收敛。卡尔发现那个名叫利纳的厨房女佣也在人群里，她乐滋滋地向他眨眨眼，随手把水手扔给她的那条围裙系在腰间，因为那是她的。

他们继续跟着水手走去，离开办公室，拐进一条狭小的过道，走了不几步便来到一扇小门前，穿过它，下几级台阶就是为他们准备好的小船了。这水手毫不迟疑地一步跳下船去，船上的水手顿时起身向他们的头头行礼。参议员正要提醒卡尔下台阶时要小心，只见还在最上一层的卡尔放声大哭起来。参议员右手托着卡尔的下颌，把他紧紧地搂在怀里，左手抚慰着他。他们就这样一级踩着一级地慢慢走下去，难舍难分地踏上了船。参议员正好在自己的对面为卡尔挑了一个好座位。他打了个手势，小船随之驶离大船而去，水手们马上全力投入工作。他们还没有离开大船几米远，卡尔出乎意料地发现，他们正好坐在对着总出纳室窗口的地方。三扇窗户前挤满了舒巴尔的证人，他们友好地频频挥手致意，甚或舅舅也向他们致谢。一名水手表演了他的绝招，他一面匀称地划动着桨，同时又借着手送去了一个飞吻。真的，似乎再也见不到那司炉了。卡尔的两膝几乎触到了舅舅的膝盖，他更仔细地观察着舅舅，不禁疑虑重重。这个人对他来说能不能替代得了司炉呢？舅舅避开了他注视的目光，朝摇晃着小船的波涛望去。

Franz Kafka
Das erzählerische Werk

Der Verschollene

二

舅舅

在舅舅家里，卡尔很快就习惯了新的环境。即使在很小的事情上，舅舅也待他很好。卡尔从一开始就不用去经历种种不幸，在挫折教训中求生存；他不像许许多多的人那样，不幸的经历使他们初来乍到异国时的生存那般痛苦不堪。

卡尔住在一栋楼房的六层。下面五层连同地下三层都是舅舅经营商务的地方。清晨，他一走出自己的小卧室，那透过两扇窗户和一道阳台门照射进屋子的光亮总使他惊叹不已。要是他以一个穷困无靠的小移民踏上这块土地的话，哪里会有他的栖身之地呢？诚然，人们也许根本就不容他踏入这个合众国，而是把他遣送回去，也没有人还会想到他已经没有了家乡。舅舅按照自己对移民法的了解甚至认为这是很可能的。在这个世界里，谁也别指望得到什么怜悯。卡尔在书本里看到的有关美国这方面的情况全都是确确实实的；在这个世界里，似乎只有走运的人才能在他们周围那些漠然的面孔之间真正享受着他们的幸福。

这房子前面有一个与房间等宽的狭窄阳台。要是在卡尔故乡的城里，它准会是一个高高在上的眺望台。可在这里，从阳台上望去，能看到的莫过于一条夹在两排鳞次栉比的高楼之间的街道，这条街道笔直地延伸而去，仿佛倾斜着消失在远方，只见茫茫云雾中，影影绰绰耸立着一座大教堂。在这条街上，无论清晨还是晚上，或是在沉入梦乡的深夜，那拥挤的交通总是川流不息。从上面看去，歪歪扭扭的人影同各种各样的车顶错综交织在一起，时而分，时而合，分分合合，更替不息。喧闹、尘灰和气味更加狂烈地交融着向空中升腾。接着，一切都被卷入和弥漫在一片强光之中。这强光永不停息地被那些成群结队的物体分散，带走，又送回，它赋予着了迷的眼睛如此的物体感觉，仿佛在这条街的上方，一块笼罩着万象的玻璃板每时每刻都往复无穷地被万物的力量所打碎。

舅舅凡事都小心谨慎，他嘱咐卡尔暂且什么事情都别涉足，要他好好审度和观察一切，但不能让眼前的情形捆绑住手脚。一个欧洲人在美国最初的日子就好比是一次降生，虽然他要比从彼岸降临人世更快些适应环境——免得卡尔产生不必要的害怕——，但他必须牢牢记住，最初的判断往往是靠不住的，凭借它肯定会使后来的一切判断陷入混乱。要想靠着那样的判断在这儿生存下去是不可能的。他自己就知道有那么一些新来的人，比如说他们不照着这些很有裨益的准则去行事，而是成天站在阳台上，像离群的羊一样，朝着下面的街道东张西望。这样下去无论如何会使人茫然无从的！这种孤独的、痴迷于忙忙碌碌的纽约生活之中的无所事事对一个观光旅游者来说是可以允许的，也许可以不无保留地建议这样做。可对一个要留在这儿的人来说就是一种堕落了。在这种情况下,人们完全可以心安理得地使用"堕落"这个词,哪怕是言过其实。事实上,舅舅每次来看卡尔时,一见他站在阳台上,就少不了板起不高兴的面孔。舅舅每天只来一次,而且每次都在不同的时间。卡尔不久便觉察到了这一点,因此尽可能不再去站在阳台上眺望消遣。

这当然也远非是他惟一的消遣。在他的房间里,摆放着一张最佳式样的美国写字台。多年来,他父亲梦寐以求,跑遍了四处大大小小的拍卖行,力图以可以承受的便宜价格买这样一张写字台来,可到底因财力不足而未能如愿。当然,这张写字台不可同那些漂游在欧洲拍卖行的所谓的美国写字台相提并论。比如说,它配装着一套搁架,上面有一百来个大小各异的隔层,连合众国总统都会为他的各种文件找到合适的位子。另外在这搁架的一侧还有一个调节器,只要转动手柄,就可以把隔层随意调换成各种各样的形式，或者按照需要重新调整。如果把侧面的薄壁慢慢往下降，便形成新隔层的底板或者升高的隔层的盖板；哪怕只是转上一圈，这套搁架就完全变成另外一副模样。隔层的一切变化都取决于转动手柄的快慢节奏。这是一项最新的发明，但这叫卡尔兴致勃勃地回想起家乡的耶稣诞生戏。耶稣诞生戏是在圣诞市场上演给好奇的孩子们看的。卡尔也常常身裹冬衣站在前面，观看一个老头儿转动手柄，持续不断地把这种动作同在耶稣诞生戏中的效果，同东方三王那断断续续的行进，同星辰的闪闪烁烁，同圣厩里那不公正的生存联系起来。而他总觉得，仿佛站在他身后的母亲并没有全神贯注地观看眼前所发生的一切。他把她拽了过去，直到他觉得母亲挨到他的背上。他久久地大声叫喊着，让母亲看看更隐蔽的情景，也许那是只小兔子，它在前面的草丛里交替端坐在后腿上，然后又准备跑开，直到母亲捂住了他的嘴巴，又回到先前漫不经心的样子。当然，这写字台并不是让卡尔用来回忆这样的事情，但是在发明的历史中，想必存在着一个类似于卡尔回忆中的模模糊糊的联系。与卡尔不同，舅舅丝毫也不喜欢这张写字台，一心想为卡尔买一张像样的。而这类写字台现在全都配着这种新装置。它们的优点也在于，如果你买旧一些的，也不用掏太多的钱。舅舅总是不厌其烦地劝告卡尔尽量别去用调节器。为了使这劝告更起作用，舅舅声称这机关很敏感，容易损坏，修起来十分昂贵。不难看出，这些话无非是借口而已。但反过来也可以说，这种调节器是很容易固定住的，但舅舅不会这样做。

不言而喻，头几天里，卡尔和舅舅时常在一起交谈。卡尔也说起他在家里很喜欢弹钢琴，虽然弹得不多。当然，他只能弹一弹母亲教给他的启蒙曲。卡尔自己心里明白，这言下之意就是请求舅舅弄一架钢琴来。他已经看得清清楚楚,知道舅舅也无须在乎那么几个钱。尽管这样,他的请求并没有马上得到满足。大约八天以后,舅舅几乎以一种勉强为之的口气告诉卡尔钢琴刚到货,如果他愿意的话,可以去看着搬运回来。这当然是一件轻而易举的事,搬运则更不在话下,因为这楼里就有一部货运电梯,里面能宽宽松松地容纳一辆家具搬运车,钢琴也可以通过这部电梯轻松地运到卡尔的房间来。卡尔虽然可以随钢琴和搬运工乘同一部电梯上楼,但隔壁的客运电梯正好闲着,于是他上了这部电梯,并借着操纵杆,保持着与货运电梯同步运行。他透过玻璃隔板,目不转睛地注视着那架现在归自己所有的悦耳动听的乐器。当他在自己的房子里有了这架钢琴,第一次弹出音符时,他感到了一种如痴如醉的欣喜。他宁可暂且琴也不弹了。他跳了起来,双手叉腰,站在几步远的地方惊奇地观察钢琴。这房间的音响效果也好极了,它使卡尔起初住在这铁屋里的一丝不快顿然化解得无影无踪。事实上,固然这栋楼从外表看是钢铁构筑的,但在屋里,人们丝毫也觉察不到钢铁建筑部分的痕迹。没有人能指出这房间的布置上有什么东西会不知不觉地影响这完美无瑕的舒适感,哪怕是一丁点儿。开始,卡尔对他的钢琴演奏寄予厚望,每天入睡前便寻思着通过弹奏钢琴来直接影响这种美国环境的可能性,一点也不为之感到自不量力。当他坐在朝着充满喧嚣的空气而敞开的窗前弹奏起一首家乡古老的士兵歌曲——这首曲子是士兵们夜晚躺在兵营的窗前,朝外望着黑暗的广场时相互窗对窗唱的——时,弹出的声音很奇怪。可是,他每次弹奏完毕就朝街上看去,街上的一切依然如故。这情景只不过是大千世界的一分子,就其本身而言,不了解作用在这其中的所有力量,就无法阻挡它的发生。舅舅容忍着卡尔的弹奏,一句反对的话也不说,尤其是卡尔不受敦促时也很少去寻求弹奏的快乐。舅舅甚至还给卡尔弄来了美国的进行曲乐谱，当然还有国歌乐谱。但是，有一天他不无戏谑地问卡尔愿不愿学拉小提琴或者吹圆号，这肯定不能单单说成是对音乐的爱好吧。

当然，学习英语是卡尔的头等大事。商学院的一位年轻教授每天早上七点钟来到卡尔的房间，发现他不是已经伏在写字台前翻书本，就是在房间里踱来踱去背诵什么。卡尔肯定意识到，要学会英语就得争分夺秒。另外，他在这里有天赐的良机，能够以快速的进步博得舅舅格外的欢心。起初，在和舅舅的交谈中，卡尔的英语仅仅限在应付几句问候和告别上。但没过多久，他交谈时越来越多地说起英语，因此他们同时也开始谈论更知心的话题。一天晚上，卡尔居然会第一次给舅舅朗诵了一首描写火热青春期的美国诗。在满意之余，这首诗也使舅舅陷入严肃的沉思。当时，他俩站在卡尔房间的一扇窗前，舅舅望着窗外，天空的明亮已经逝去。他伴随着对诗句的感受，缓慢而均匀地用手拍着节奏。而卡尔直直地站在他身旁，睁着出神的眼睛，使这首难以理会的诗句脱口而出。

卡尔英语说得越漂亮，舅舅就越高兴把他介绍给自己的亲朋好友。一旦有这样的会面时，他总是安排那位英语教授一定要呆在卡尔近旁，以便应付万一。卡尔最先认识的，是一位身材修长、唯唯诺诺的年轻人。一天上午，舅舅格外殷切地把这个人引到卡尔的房间里。很显然，他是那许许多多在父母的眼里不争气的纨绔子弟之一。他所过的日子，哪怕是其中任意的一天，可叫平常人家看来，只能是目不忍睹望而兴叹。他似乎知道或预感到这些，好像要竭尽自己的力量来针锋相对，因此他的嘴唇和眼睛周围始终挂着幸福的微笑。这微笑好像针对着自己，针对着面对他的人，针对着这整个世界。

舅舅同这个叫马克的年轻人商量好，让卡

尔早晨五点半一起去学习骑马，无论是去马术学校还是到野外都行，舅舅都是绝对赞同的。卡尔虽然开始犹犹豫豫，拿不定主意，因为他毕竟还从来没有骑过马，心里也想着要先学一学骑马。但舅舅和马克一再劝说，而且把骑马根本不看作是一种技艺，而只是一种纯粹的消遣和健身，他最后还是答应了。这样一来，他每天四点半就得从床上爬起来，这常常使他苦不堪言，他的注意力一整天都不得不绷得紧紧的，因为这会儿正是他最嗜睡的时候。但他一进浴室，心头的抱怨顿时就烟消云散了。在浴盆的上方，纵横排列着一个个的淋浴网眼——在家乡，无论哪个同学，即使很富，也不会享有这样的条件，而且只供一个人享用——卡尔舒展地躺在浴盆里，伸开两臂，随心所欲地让网眼局部或全面地喷洒在身上。一会儿放温水，一会儿放热水，一会儿又放温水，一会儿又放冷水。他躺在里面，犹如还在继续享受睡意未尽的美梦一样,特别喜欢合上眼皮,接纳最后零零散散地滴落下来的几滴水珠。这水珠溅在脸上后顺着面颊流下来。

卡尔乘坐舅舅的高顶汽车到达马术学校时,那位英语教授早已在等着他,而马克则毫无例外地晚些时候来。但他尽可放心地晚来,因为只有他到了,真正的骑马训练才开始。当他一进去时,那些马不就才从半睡半醒的状态中腾跃起来吗?那马鞭不就才啪啪地响在训练场里吗?那回廊上不就才突然出现一个个观望者、马夫、马术学生或者其他什么人吗?卡尔充分利用马克到来之前的这段时间,做些哪怕只是最简单的骑马预备性练习。给他上训练课的先生身材修长,几乎不用抬臂就可以够到最高的马背上。每次课不到一刻钟。卡尔在这儿的学习成绩并不出色,可他却日积月累学会了英语里不少诉苦的话。在练习期间,他把这些话一股脑儿向他那位总是倚靠在同一门柱旁昏昏欲睡的英语教授发泄出去。然而，马克一来，卡尔几乎对骑马的一切抱怨都停止了。那个身材修长的人被打发走了。不大一会儿，在这个依然半明半暗的大厅里，听到的不过是奔驰的马蹄声，看到的不过是马克挥动着手臂向卡尔下达命令。半个钟头后，这种如同美梦流去的娱乐结束了。马克总是匆匆忙忙地向卡尔道别。他对卡尔的训练特别满意时，间或也会拍拍他的面颊，可一转身就无影无踪了。他急如星火，连跟卡尔一起走出门的时间都没有。然后，卡尔拉着教授一道上了汽车。他们大多绕道回家上英语课，因为本来可以直接从马术学校到舅舅家，但那条大街十分拥挤，要穿过那里，路上会浪费太多时间。另外，过了没多久，终于不用那位英语教授陪同了。卡尔责备自己，烦劳这位困倦的人去马术学校陪伴毫无用处。特别是他与马克的英语沟通是非常简单的，卡尔请舅舅别让这位教授再徒劳了。舅舅几经考虑，也答应了他的请求。

尽管卡尔经常请求舅舅要看看他的公司，但过了相当长一段时间，舅舅才决定让卡尔稍许见识一下。这是一个代购和运输之类的公司。就卡尔所知，像这样的公司，欧洲也许根本就没有。这个公司类似于一个中间商，但它所经营的不是把商品从厂家中介到消费者或其他商人手里，而是充当了为大卡特尔提供所有商品和原料的经纪人，或者在它们之间周旋。因此，它是一个包采购、存储、运输和销售于一体，经营范围十分广泛的公司。它始终必须不断地跟客户保持密切的电话和电报联系。那电报厅可真不小，比他故乡城里的电报局——卡尔借着一位相好同学的光参观过——还要大。在电话厅里，放眼看去，电话间的门开开闭闭，让人应接不暇；电话铃的响声使人神思迷惘。舅舅打开近前的一扇门，里面闪闪烁烁的灯光下坐着一位职员，他对任何开门的响声都无动于衷，一条钢带夹在脑袋上,把听筒牢牢地压在他的耳朵边。他右臂搁在一张小桌上,似乎特别沉重,惟有抓着铅笔的指头在异常均匀和迅速地晃动着。他对着话筒说话非常简捷,让人往往甚至会觉得他也许要驳斥通话人什么,想问得明白点,但还没等到他说出自己的意图,他所听到的某些话就迫使他垂下眼睛写起来。他也不必讲话,舅舅向卡尔悄悄解释道,因为这个人所受理的报告同时还有另外两个职员受理,然后进行比较,这样就会尽可能地避免出现差错。当卡尔和舅舅走出门的瞬间,有一位实习生匆匆闪了进去,很快拿着那张此时已写满东西的纸又出来了。大厅里来来往往的人穿梭不停,谁也不打招呼,因为打招呼被取消了,一个踩着前一个的步子,看着地板,想尽可能快地向前走,或者眼睛盯着拿在手里的文件,猎获着其中的只言片语或数据。手里的文件在疾步中飘动。

"您真是干出了一番大事业！"卡尔在穿过公司的一条走廊时说道。要想把整个公司走一遍，哪怕只是走马观花似的看看每个地方，也得花好几天的时间。

"你要知道，这一切都是我三十年前自己安排的。当时，我在港口区开了一个小公司，要是一天能卸五条船就算了不起了，我就会洋洋得意地回家去。今天我已经拥有这个港口的第三大库房，当年的铺子如今已变成了我的第六十五组打包工的餐厅和工具房。"

"这简直是奇迹了！"卡尔说。

"一切都发展得很快。"舅舅说到这里中断了谈话。

有一天，卡尔像平常一样正打算独自去进餐，舅舅前来找他，要他马上穿上黑礼服，同他一起去陪两位业务伙伴进餐。当卡尔在旁屋更衣时，舅舅坐在写字台前，翻了翻他刚做完的英语作业，手掌拍在桌子上大声喊道："真是棒极了!"卡尔听到这赞叹声,无疑穿得更舒心。可话说回来,他对自己的英语也确实满有把握。

在舅舅的餐厅里,两位身高体胖的先生起身打招呼。从席间的谈话可以听得出,一个叫格林,一个叫波隆德。从卡尔到达的那天晚上起,这餐厅就留在了他的记忆里。舅舅向来不喜欢随便介绍任何熟人,而总是让卡尔自己观察、判别和获取必要的或者有意思的东西。席间,他们一味谈论的是业务上的事情,这对卡尔来说倒是一堂获益匪浅的商用英语课。他们让卡尔不声不响地吃饭,似乎觉得他还是个孩子,首先得让他确确实实地吃个够才是。之后,格林先生向卡尔躬躬身,随便问起他来美国的第一印象。显而易见,他极力想说出明白易懂的英语。在四周一片鸦雀无声中,卡尔瞥了舅舅几眼,相当详细地回答了所提的问题,并且企图以一种颇有纽约味的讲话方式表示谢意和博得欢心。当卡尔用到一种表达时,甚至三位先生都笑得不亦乐乎,卡尔担心犯了一个失礼的错误。不,一点儿没错。波隆德先生告诉卡尔,他说得恰到好处。这位波隆德先生似乎对卡尔特别中意。当舅舅和格林先生又回到业务话题上时,波隆德先生让卡尔把座椅挪到自己跟前,先询问了他诸如姓名、出身和旅行的事,到了最后,为了让卡尔歇息下来,他才一边笑,一边咳嗽,一边急匆匆地谈到他自己和他的女儿。他同女儿住在纽约郊区的一个乡村别墅里,但他只在那里过夜。他是个银行主,银行的事把他整天拴在纽约。他马上就十分热情地邀请卡尔出来到他家的别墅里看看,像卡尔这样一个初来乍到美国的人肯定也有问或换换纽约空气的需求。卡尔立刻请求舅舅准许他接受这份邀请。舅舅似乎欣然同意了,但出乎卡尔和波隆德先生的预料,他没有说出一个确切的日期,哪怕只是说考虑考虑也好。

就在第二天，卡尔被召到舅舅的一个办公室，——舅舅单在这幢楼里就有十个办公室。他看见舅舅和波隆德先生两个人几乎一声不吭地躺在靠背椅上。"波隆德先生，"舅舅说，黄昏中，几乎看不清他的面孔，"波隆德先生来接你去他庄园，我们昨天说好的。""我不知道就在今天。"卡尔回答说，"要不我会做好准备的。""如果你没有预先准备的话，那我们也许最好推后再去拜访。"舅舅说。"有什么好准备呢！"波隆德先生喊道，"年轻人说走就可以走。""这倒不是因为他的缘故。"舅舅转向客人说，"可他怎么说也得回他房间去，那不就要让您等候吗！""我有足够的时间等着，"波隆德先生说，"我把拖延的可能也考虑进去了，因此提前下了班。""你看，"舅舅说，"你的拜访现在带来了多少麻烦。""很抱歉，"卡尔说，"不过我马上就来。"说毕他转身就要走。"别太着急了，"波隆德先生说，"你没给我带来一丝一毫麻烦。相反,你的拜访使我打心眼里高兴。""这样会耽误你明天的骑马课,你同人家说好了吗?""没有。"卡尔说,这翘首期待的拜访开始变成了负担,"我可是不知道……""难道这样你还想去吗?"舅舅追问道。波隆德先生这个热心人又出来帮腔了:"我们顺路在马术学校停一停,这事就迎刃而解了。""说好说,"舅舅说,"可马克真的会等着你的。""他不会等我。"卡尔说,"但是他肯定会去的。""是这样吗?"舅舅说,似乎卡尔的回答根本就不是什么理由。波隆德先生又一次说出了举足轻重的话:"可克拉拉——她是波隆德先生的女儿——也在盼着他去,而且就是今天晚上,她该比马克优先吧?""当然啰,"舅舅说,"既然这样,那你就快回房间去收拾吧。"他一边说,一边好像无意地在靠背椅的扶手上拍了几下。卡尔已经到了门前,舅舅又拦住他问道:"你明天一早肯定要回来上英语课吧?""可是!"波隆德先生喊道,吃惊地将他那肥硕的身子尽可能从靠背椅上扭转过去,"难道不允许他起码明天在外面呆一天吗?后天一大早我就送他回来。""这个无论如何都不行,"舅舅回答道,"我可不能让他这样荒废了学业。等他将来步入了正规的职业生活后,我将非常乐意他有更多的时间接受这种热情和荣幸的邀请。""说得多么前言不搭后语!"卡尔心里嘀咕着,波隆德先生感到很扫兴。"但是说实在的,就为了一个晚上,这几乎是不值得的。""这也是我的意思。"舅舅说。"人们应该获取他该得到的东西。"波隆德先生说着又笑了起来。"那就这样吧,我等着。"他大声告诉卡尔说。舅舅再也没有吱声,卡尔急匆匆地走开了。当卡尔收拾好行装回来时,看见办公室里只有波隆德先生一个人,舅舅已经走了。波隆德先生十分欣喜地握着卡尔的双手,仿佛他要竭尽全力证实卡尔现在真的一块去。卡尔急得依然浑身发热,也握起波隆德先生的手,很高兴能够去郊游。"舅舅是不是为我去的事生气了？""不是的！这一切他也不会那么当真的。他倒是心里挂念着你的学习。""他亲口跟您说过，他不会把以前的事那么当真？""噢，没错。"波隆德先生故意拉长嗓门，借以表明他不会说谎。"奇怪的是，他那么不愿意让我去拜访您，何况您还是他的朋友呢。"波隆德先生也无法说得清是怎么回事，尽管他没有公开坦白。当他们乘坐波隆德先生的汽车穿过温暖的夜幕时，两人虽说马上就谈起了其他话题，但这件事依然久久地萦绕在他们的心头。

他们紧挨在一起坐着。波隆德先生说话时一直握着卡尔的手。卡尔很想多听一听有关克拉拉小姐的事，仿佛他耐不住这长时间的行车，借着这些讲述能在心里早些到达那里。卡尔还从来没有在晚上乘车光顾过纽约的大街小巷。他们穿过人行道和车道，不时地变换着方向，犹如行驶在追逐喧嚣的旋风里。这喧嚣不像是人为的，而像是一种陌生的自然力。尽管如此，卡尔还是一边试图仔细聆听波隆德先生的讲话，一边又痴迷地留心注视着那黑坎肩。坎肩上横挂着一条金项链，一动不动。在一条条的街道上，去看戏的人一个个掩饰不住生怕迟到的样子，不是疾步飞奔着，就是乘坐着风驰电掣般的汽车拥向剧场。他们从一条条街道里驶出来，穿过过渡地带来到城郊。他们的车子一再被那些骑着马的警察引向小道，因为大街被正在罢工游行的钢铁工人堵塞了，只有非经不可的车辆才允许从交叉路口驶过。他们的车子从一条条昏暗的、回声沉闷的巷子一出来，便横穿过一条犹如广场似的大街。沿着这条街两旁，呈现出谁也望不到边的景象：人行道上缓缓流动的人群挤得水泄不通，他们齐声歌唱着，节奏犹如一个声音发出的。但是，在未被堵塞的车道上，映入眼帘的时而是骑马流动的警察，时而是扛着旗子的旗手，时而是横挂在街上的标语，时而是被工人同事和传令人团团围着的工人领袖，时而又是未来得及逃去的电车，它们现在空荡荡地停在道上，黑洞洞的样子，而司机和售票员则坐在车台上。三三两两好奇的人群站在离游行示威者很远的地方，尽管他们不知道这场事件的原委，但也不肯离去。然而，卡尔高兴地偎依在波隆德先生搂着他的手臂里，想到自己马上就会走进一家灯火通明、四周用墙围起来而且有狗守护的庄园里，成为一位受欢迎的客人，不禁喜上心头。尽管卡尔由于昏昏欲睡已不能把波隆德先生所说的一切完整无误地或者至少连贯地串起来，但他还是不时地振作起精神，揩一揩眼睛，一次又一次地想看看波隆德先生是否注意到他的睡意；他无论如何要弄个明白，免得让他看出来。

Franz Kafka
Das erzählerische Werk

Der Verschollene

三 纽约郊外的乡村别墅

"我们到了。"波隆德先生说,这时卡尔正在迷迷瞪瞪地打着盹儿。汽车停在一座乡村别墅的前面。这座别墅具有纽约周围富户人家别墅的气派,比通常独家享用的乡村别墅要高大宽阔。因为只有房子的底层亮着灯光,谁也难以估量出它有多高。房前沙沙作响的栗子树中间,有一条不长的小道通往室外的台阶。入口的栅栏门敞开着。卡尔带着困倦下了车,这才好像发现车子已经行驶了好一阵子。在黑洞洞的栗子树阴下,他听到身旁一个姑娘说:"终于盼来了雅各布先生。""我叫罗斯曼。"卡尔说着握起姑娘向他伸来的手,这时他才分辨出这姑娘的轮廓。"他只是雅各布的外甥,"波隆德先生介绍说,"名叫卡尔·罗斯曼。""不管叫什么,有他在这儿,我们照样高兴。"姑娘说,并不怎么在乎姓啥名谁。尽管这样,当卡尔夹在波隆德先生和这姑娘之间朝房子走去时,他还是问道:"您就是克拉拉小姐吧?""是的。"她说着朝卡尔转过头去,一丝微弱的光亮从屋里透出来照在她的脸上,"可我不想在这黑暗中作自我介绍。"看来她就在这栅栏门前等着我们?卡尔心里嘀咕着,走着走着才慢慢清醒过来。"我们今晚还有另外一位客人。"克拉拉说。"不可能!"波隆德生气地喊道。"是格林先生。"克拉拉说。"他是什么时候来的?"卡尔好像预先知道似的问道。"他刚到。他的车子就走在你们前面,难道你们没有听见?"卡尔抬头望望波隆德,想知道他对这件事抱什么态度。但波隆德两手插在裤兜里,只是稍稍加重了脚步。"即使住在纽约郊外也无济于事,干扰依然免不了,看来我们非得把住地挪得更远一些不可。这么一来,我要回家的话,就得开半个夜晚的车了。"他们在室外台阶上停下来。"但格林先生的确已经好久没有来过我们这儿了。"克拉拉说。她显然同父亲的想法一模一样，却企图宽慰他从中解脱出来。"他干吗偏得今晚来呢？"波隆德说。这话愤愤不平地从那噘起的下嘴唇边滚了出来。这嘴唇像一堆松弛而沉重的肉团上下不住地颤动着。"说得也是！"克拉拉说。"也许他马上就会走的。"卡尔插话说，连他也惊奇自己竟然跟这些昨天还完全陌生的人持有一致的看法。"噢，不，"克拉拉说，"他为爸爸揽了一大笔什么生意，洽谈大概会持续很久，因为他已经开玩笑地吓唬我说，如果我想当一个彬彬有礼的女主人的话，就只有恭耳静听到明天一大早。""原来还说了这样的话。这么说他整个晚上就呆在这儿了。"波隆德喊道，似乎这是再也糟糕不过的了。"我真恨不得，"他说，这新的念头使他变得温和起来，"我真恨不得让你再上车，罗斯曼先生，送您回你舅舅那里。今天晚上从一开始就让人扫兴。谁知道，你的舅舅先生下次什么时候才会让你再来我们这儿呢。可话说回来，如果我今天再把你送回去的话,下次想必他是不会拒绝你应邀来这儿的。"他说着便抓住卡尔的手,想实施他的意图。但卡尔一动不动,克拉拉也央求把他留下来,因为至少她和卡尔不会受到格林先生一丝一毫的干扰。最后,波隆德也觉得自己的决定并没有一锤定音。此外——这也许是决定性的,这时突然听到格林先生从楼梯上朝花园里喊道:"你们在哪儿呢?""来啦!"波隆德说着踏上室外的台阶,卡尔和克拉拉跟在他身后,他们借着灯光相互打量着。"看她那红艳艳的嘴唇。"卡尔自言自语说,不禁想起波隆德先生的嘴唇在女儿的嘴上变得何等的美丽。"用过晚餐后,"她这样说,"如果您觉得合适的话,我们马上就到我的房间去,这样我们至少可以摆脱这个格林先生,尽管爸爸不得不去跟他周旋。但愿您会赏个面子给我弹弹钢琴。爸爸说过,您钢琴弹得很棒。只可惜我全然没有演奏音乐的天赋。虽然我本来对音乐情有独钟,却没有摸过我的钢琴。"卡尔完全赞同克拉拉的建议，当然他也想把波隆德先生拉到他们的圈子里来。当他们一步一步地踏上台阶，格林那巨人般的身躯渐渐地展现在他们面前——卡尔刚刚才适应了波隆德身躯的硕大——时，卡尔企图今晚把波隆德先生从这个人身旁诱走的一切希望都化成了泡影。

格林先生十分匆忙地迎接他们进屋，似乎有许许多多的事要弥补回来。他挽起波隆德先生的手臂，顺手把卡尔和克拉拉推到餐厅里。餐厅里洋溢着节日的气氛，尤其是那一束束插在青翠的枝叶丛中的鲜花更增添了光彩，也使人为这个扫兴的格林先生的到来而倍加感到遗憾。在桌旁等其他人入座的卡尔正为那扇对着花园敞开的大玻璃门而暗暗高兴，一阵阵浓郁的香气扑面而来，让人觉得犹如进了一座园亭。就在这时，格林先生呼哧呼哧地走上前去，将这扇玻璃门关上。他弯下腰关上最下面的门闩，挺起身又插好最上面的门闩,一切干得那样干净利落,连急忙赶上前来的仆人也无事可做了。席间,格林先生先是喋喋不休,说他对卡尔能得到舅舅的允许来这里拜访感到奇怪。然后,他一边大勺大勺不停地往嘴里灌着汤,一边向右边的克拉拉和左边的波隆德先生述说着他为什么这样惊奇,舅舅如何管着卡尔,以及他对卡尔过分的爱心已经到了不能称之为一个舅舅的爱心的地步。"他不知趣地搅和到这里还嫌不够,同时还要在我和舅舅之间瞎搅和。"卡尔心想着,那金黄色的汤汁他一口也咽不下去。但他又不想让人觉察到他十分扫兴的心情,便开始不声不响地把汤灌了进去。这顿饭吃得就像是一场没完没了的折磨,惟独格林先生,至多还有克拉拉,显得饶有兴致,时而凑上机会笑一笑。波隆德先生只是在格林先生谈起生意时,有几次被扯进谈话里。然而,他随即又从这样的话题中缩回去,格林先生只好过一阵子再突然拾起这话题来唤起他。另外,他口口声声强调说——卡尔听得出了神,好像有什么危险就要来临,克拉拉不得不提醒他,烤肉就摆在他面前,他正在用晚餐——,他压根儿就没有不期而至的意图。尽管这笔要商谈的生意非常紧迫,但今天要是在城里有机会的话,至少会谈妥最重要的事,那次要的事便可以留待明天或以后去处理了。正因为这样,他确实早在下班前就去找过波隆德先生,但没有见到他。于是他不得不打电话告诉家里今晚不回去,开着车子出来了。"这么说我得请求原谅了。"卡尔没等到别人搭腔就抢先大声说道,"都怪我,波隆德先生今天才提早下了班,很抱歉。"这时,波隆德先生用餐巾遮着大半边脸,而克拉拉虽说朝着卡尔微笑,但这并不是一种会心的微笑,而是一种企图要感化他的微笑。"这儿没有什么要原谅的。"格林先生边说边大刀阔斧地切开一只鸽子,"完全相反,我倒很高兴在这样一个惬意的圈子里度过这个良宵,而不用孤单一人在家里让我那年迈的女管家伺候着吃晚饭。她已年老体衰,从门口走到我的餐桌前都要费很大的劲儿。如果要我看着她那蹒跚的步履,我就得坐在靠背椅里等上好一阵子。不久前,我才实现了让用人把饭菜端到餐室门口的安排。但照我的理解,从门口到我餐桌这段路仍要归她管。""我的上帝!"克拉拉喊道,"这才叫忠诚呢!""是的,这世上还是有忠诚的。"格林先生说着便拿起一块吃的送到嘴边,舌头一摆卷了进去。卡尔偶然看到了,对此几乎感到恶心。他站了起来。波隆德先生和克拉拉几乎同时抓住他的两手。"您还得坐下来。"克拉拉说。当他又坐下来时,她悄悄地对他说:"过一会儿我们一起走。要耐住性子。"此间,格林先生悠然自得地用着餐,仿佛他给卡尔造成的反感理所当然地要由波隆德先生和克拉拉来安慰。

这顿饭简直吃个没完没了,尤其是格林先

生十分仔细地品尝着每一道菜。尽管他始终不知疲倦地迎接着一道道新上的菜，实际上却给人这样一种印象：他似乎借机要彻底摆脱开他那年迈的女管家。他不时地称赞克拉拉主持家事的本领，显然是在阿谀奉承她；而卡尔则企图阻挡他，仿佛他在伤害她。然而，格林先生并不只是满足于恭维克拉拉，他时而也对卡尔明显地倒了胃口表示遗憾。尽管波隆德先生作为主人应该劝卡尔进餐，但却为卡尔没有胃口打了圆场。事实上，卡尔由于在整个用餐过程中遭受着强制的折磨，因此他的感觉是那样的过敏，自己心里明明一清二楚，却把波隆德先生的这番话看成是不友好的行为。这跟他在席间的举止简直如出一辙：他一会儿完全不合情理地吃得又快又多，一会儿又没精打采地放下刀叉，久久地动也不动一口。他是这个圈子中最沉闷的，连那个送饭菜的用人也往往不知如何是好。

"明天我就要告诉参议员先生，您是怎样不

吃东西而伤害了克拉拉小姐的一片心意。"格林先生说，并且比划着手里的刀叉，表示他说这话没有别的用意，仅仅是开玩笑而已。"您看看这姑娘有多伤心。"他接着说，摸了摸克拉拉的下巴。她听任着闭上了眼睛。"你这个小宝贝！"他喊道，随之身子往后一靠，鼓起酒足饭饱的力量哈哈笑得满脸通红。卡尔白白地费着劲，企图要弄明白波隆德先生的举止。这人坐在盘子前，两眼盯着盘子里面，好像真正重要的事就发生在那儿。他并没有将卡尔的靠背椅拉得靠自己近些。他要开口说话，就是说给大家听的。不过他对卡尔也没有什么特别要说的。相反，他却容忍着格林这个老奸巨猾的纽约光棍汉别有用心地触摸克拉拉，容忍着他奚落波隆德的客人卡尔，或者至少拿他当小孩子看。谁知道，他酒足了，饭饱了，一步一步地逼上前，要干什么勾当。

散席之后——当格林觉察到大家的情绪

时，便第一个起身，几乎把所有的人一起拖了起来——，卡尔独自朝着旁边那些由白色镶条分开的大窗户中的一扇走去。这些窗户通往外面的平台。他一走近时才发现那本来就是真真正正的门。波隆德先生同他女儿起初面对格林感到厌恶，卡尔当时还觉得不大理解，那么这厌恶情绪现在跑到哪儿去了？只见他们同格林紧紧地站在一起，向他频频点着头。格林嘴上叼着波隆德送给他的雪茄。这种粗壮的雪茄父亲在家里常常津津乐道地说起，好像他真的吸过似的，可他自己大概从来就没有亲眼看见过。烟雾弥漫在餐室里，也把格林的影响传遍了他从未涉足过的每个角落。尽管卡尔站得远远的，但他鼻孔里依然难逃那烟雾的刺痒。卡尔从他站的地方回头稍稍瞥了一眼，觉得格林先生的行为太无耻。现在他似乎才理会了舅舅的良苦用心：舅舅之所以迟迟不同意他来这里拜访，是因为舅舅了解波隆德先生的软弱性格，由此而预料到卡尔在这次拜访时会蒙受不快。尽管他的预料不很确切，但他看到了发生的可能。这位美国姑娘也不讨他喜欢，他压根儿就没有把她想象得更美丽些。自从格林先生同她火火热热以来，她那容貌闪现出的美丽，特别是她那双异常活跃的眼睛放射出的光芒甚至使他惊异。他从来还没有看见过一条衣裙像她的那样紧紧地裹在身上，柔软结实的淡黄色裙料上显露出细微的褶皱，标志着绷紧的程度。然而，卡尔丝毫也没有把她放在心上，他宁可不被带到她房间里去。他两手搭在门把手上做好了一切准备。与其那样，倒不如让他打开这扇门，钻进汽车里；如果司机已经睡觉去了，就独自走回纽约去。晴朗的夜晚伴随着向他示意的圆月把自由洒向每一个人。而且在卡尔看来，在野外也许会产生恐惧感的想法是愚蠢的。他想象着——打他进到这个厅里以来，第一次有了愉快的感觉——，他明天一大早——以前他几乎不可能步行回家的——要让舅舅大吃一惊。他虽然从未到过舅舅的卧室，根本也不知道它在哪儿，但他会打听出来的。然后，他要敲敲门，随着一声客套的"进来"跑进房间里，让亲爱的舅舅大吃一惊；舅舅会穿着睡衣挺直地坐在床上，两眼惊奇地直盯着房门。他眼里的舅舅总是穿戴得衣冠楚楚的样子。这样做就本身而言也许无关紧要，可要想一想，这会带来什么样的结果！也许他会第一次同舅舅共进早餐，舅舅坐在床上，他坐在沙发上，早点就摆在他俩之间的小桌上。也许这次共进早点会成为一个固定的安排；也许由于这样共进早点，他们几乎不可避免地会经常见面，而不像现在这样，一天只见一次面，因此自然也就有了相互更加坦率交谈的机会。如果说他今天不顺从舅舅或者更确切地说执拗的话，最终无非是缺少这种坦率的交谈。即使他今天必须在这里过夜——看样子这已是不言而喻的事实，他们也任他站在窗前独自聊以自慰——，也许这次不幸的拜访会成为改善与舅舅关系的转折点。也许舅舅今晚在他的卧室里会有类似的想法。

想着想着，他略为宽慰地转过身来。克拉拉站在他面前说："难道您一点儿也不喜欢呆在我们这儿吗？难道您不想在这儿感受到一点宾至如归的温馨吗？您来吧，我要最后再试试看。"她领着他横穿过餐厅朝门口走去。那两位先生坐在侧面一张餐桌前，高脚杯里斟着微微冒着泡沫的酒。卡尔不知道那是什么酒，巴不得也去尝一尝。格林先生将一只胳膊肘支在桌子上，整个脸面尽可能地贴近波隆德先生。要是你不认识波隆德先生的话，准会以为他们在这里策划着什么违法的勾当，而绝不会是在商谈什么生意。波隆德先生友善地目送着卡尔朝门口走去。尽管人们习惯于不由自主地随着与自己面对面的人的目光望去，但格林却无动于衷，头也不朝卡尔回一下。在卡尔看来，这种举止里包藏着一种信念，那就是每一个人，无论是卡尔还是格林，都应该使出自己的看家本事来奉陪；他们之间必要的社会联系将会随着时间的推移由二者之一的胜利或失败而确立。"如果他这样看的话，"卡尔自言自语道，"那他就是一个白痴。说真的，我对他无所苛求，他也应该让我安安然然。"他一踏进走廊，忽然想起他的举止似乎有些失礼，因为他两眼直瞪着格林，他几乎是被克拉拉拖出了屋子。因此，他现在更加顺从地挨着她走去。在穿过走廊的路上，他每走二十步就看见一位身着勤务制服、端着枝形台灯的仆人站立一旁，他们用双手握着粗大的灯柱。开始，他简直不敢相信自己的眼睛。"新电线至今只拉到了餐厅。"克拉拉解释说，"我们不久前才买下这幢房子，想彻底改建一下，这是一幢建筑风格古板的旧房子，凡是能改建的都要改建。""照您的说法在美国也有旧房子。"卡尔说。"当然有。"克拉拉笑着说，牵着他往前走去,"您对美国的看法很离奇。""您可别拿我取笑。"他气呼呼地说。他毕竟知道欧洲和美国,而她只知道美国。

他们从旁边走过去时,克拉拉顺手推开一扇门,边走边告诉他说:"您就睡在这儿。"卡尔自然想马上看看这间屋子,但克拉拉不耐烦地、几乎呼喊着解释说,看房子还有的是时间,他现在只管跟着走就是了。他们在走廊里来来去去了一阵子,卡尔最终觉得,他绝不能一切都顺着克拉拉的意愿,于是他脱开身,走进那间屋子。窗前一片出奇的黑暗,只见一棵树的梢头在周围摇来摆去,鸟儿在其间啾啾歌唱。屋子里面,月光还没有照进来,自然几乎什么也分辨不清。卡尔懊恼自己没有把舅舅送给他的那个手电筒随身带来。在这幢房子里,看来手电筒是必不可少的。要是有那样几个手电筒的话,就可以打发那些用人去睡觉了。他坐到窗台上,两眼望着窗外,两耳倾听着窗外的动静。

一只受惊的鸟儿好像扑棱着要穿过这古树的枝叶飞去。一列纽约市郊列车的汽笛不知在旷野什么地方鸣起。接着四周又是万籁俱寂。

然而不一会儿,克拉拉就匆匆忙忙地进来了,显然气冲冲地喊道:"这到底是怎么回事?"她边问边拍打着她的裙子。卡尔想等着她变得冷静些再回答。然而,她大步地冲到卡尔跟前喊道:"您说说,您想不想跟我来?"随之便撞到他的胸膛上,要么是有意,要么只是出于激动。要不是他在最后的瞬间从窗台上滑了下来,两脚着了地,他就会被撞出窗外去。"您差点儿把我撞得掉下去。"他带着责备的口气说。"可惜没把您撞出去。您为什么要这样顽皮? 我还要推您下去呢。"说着她真的抱住了他,凭着她那受过体育锻炼的体魄几乎把他拖到了窗前;卡尔一时给惊呆了,竟忘记了奋力去抗争。到了窗前,他猛地醒悟过来,一挣脱开身子,随手就把她抱在怀里。"哎哟,您把我弄痛了。"她马上说道。

但卡尔觉得现在不能放开她。他任她随意走动，顺着她的步子，但一刻也不放开她。况且她穿着紧身衣，抱着也不费气力。"放开我。"她悄悄地说。那张炽热的脸紧贴着他的脸，他觉得挨得好紧呀，不得不后仰着身子去看她。"放开我，我就给您好东西。""她为什么要这样呻吟呢？"卡尔暗暗地想，"不会让她疼痛的，我又没有压着她。"他依然没有松开手。可是，当他站在那儿心不在焉地沉默了片刻之后，他突然感觉到了她那不断增强的力量。她挣脱开他，趁机从上面擒住了他，使出一种少见的格斗步法抵住他的两腿，毫不喘息地将他推到面前的墙边。墙边是一张长沙发，克拉拉把卡尔放倒在上面，欠着身子说："现在你能动就动吧！""猫，发疯的猫！"卡尔陷入又羞又恼的境地，糊里糊涂地这样喊道。"你简直发疯了，你这个疯猫！""当心你的话！"她说着将一只手滑向他的脖子，狠狠地摁下去，卡尔顿时浑身发软，只是张着嘴喘气，根本动弹不得。她的另一只手掠过他的面颊，像是试探性地摸一摸，然后又越来越远地缩回到空中，随时都会变成一记耳光落将下来。"你看怎么样？"她同时问道，"为了惩罚你对一个女子的无礼行为，我要送给你一记响亮的耳光，让你带着回家去。这也许对你未来的人生道路是有益处的，尽管这不会留下什么美好的回忆。你真的叫我惋惜，你是个英俊的小伙子，你要是学过柔道的话，准会痛打我一顿。尽管这样，看你现在躺在这儿的样子，我恨不得给你一记耳光。可是，果真我这样做了的话，我可能会感到后悔的。因此，我现在知道，我几乎是违心地不这样做。当然，要做起来，我不会满足于一记耳光，而是要左右开弓，直到打你个鼻青脸肿。也许你是个要面子的人——我认为差不多是这样——，将不情愿蒙受这些耳光苟活下去，会自我诀别这个世界。但你为什么要跟我作对呢？也许是你不喜欢我？不值得到我房间里去？记着！现在我几乎不知不觉地让你尝到了惩罚的耳光。那你今天要是这样走开的话，往后可要放规矩点。我可不是你舅舅，可以随着你执拗。另外，我还要提醒你，我不打耳光放你走，你可千万别以为，从尊严的角度来看，你现在的境况跟实际上挨了耳光是一回事；你要是这样认为的话，那我就宁可真的打你耳光。如果我把这一切都告诉马克，他准保也会这样说的。"她提到马克时松开了卡尔。在他模模糊糊的念头里，马克成了他的救星。片刻间，他依然觉得克拉拉的手摁在他的脖子上，因此稍稍转了转身，便静静地躺在那里。

她催促他起来，但他不声不响，也一动不动。她不知在哪儿点起一支蜡烛，照亮了这个房间。一片蓝色的之形图案闪现在天花板上。然而，卡尔躺着，头枕在沙发的软垫上，依旧是克拉拉摆放的那个姿势，连一指宽也未挪动一下。克拉拉在屋里踱来踱去，她的裙子在腿间沙沙作响,她可能在窗前站了好一阵子。"赌完气了吧?"然后听到她这样问道。卡尔意识到在波隆德先生特意为他安排过夜的屋子里难以得到安宁。这姑娘在里面转来转去,走一走,站一站,唠唠叨叨。他烦透了她,简直无法用语言来形容。快快睡觉,早早离开这儿是他惟一的愿望。他压根儿就不再打算上床去,只想着躺在这沙发上就是了。他急不可待地盼着她走开,恨不得追着她的脚后跟跳到门前插上门,然后再回来跌倒在这沙发上。他需要展展四肢,打打呵欠,但在克拉拉面前他不想这样做。于是他躺在那里,两眼呆呆地朝上望去。他觉得自己的脸越来越呆滞了。一只围着他飞来飞去的苍蝇在他的眼前时隐时现,他竟不知道那是什么东西。

克拉拉又走到他跟前,朝着他目光的方向欠起身子。要不是他克制住自己,他肯定会看看她的。"我这就走,"她说道,"也许你过一阵子就会有兴致去我那儿。从这扇门数起,第四扇门就是我的房间,也在走廊的这一边。也就是说,你经过三扇门后就到了你要去的房间。我不再下楼去餐厅,而是呆在自己的屋里。但你把我折腾得够累了。我不会特意等着你,可你想来就来吧,别忘了你答应过给我弹钢琴。可话说回来,也许是我弄得你精疲力竭,你再也不能动了,那你就呆着睡个够吧。我暂且不把我们殴斗的事告诉父亲。我发觉那样做会使你心神不安。"说完,她顾不上所谓的疲倦,两下就蹦出房间去了。

卡尔立刻直挺挺地坐起来。他已经躺得受不住了。为了稍稍活动一下身子,他走到门前,朝着走廊望出去。但走廊里一片漆黑!他关上门,锁住它,又站在烛光映照的桌子旁,心里不禁乐滋滋的。他决意不在这幢房里久呆,而要下楼去找波隆德先生,坦率地告诉他,克拉拉是怎样对待他的——他根本不在乎承认自己的失败，并以这个肯定充分的理由请求准许他乘车或步行回家去。如果波隆德先生不赞成他这样立刻回家去，那卡尔起码也要请他派一个用人领他到最近的一家旅馆去。一般说来，人们不会以卡尔盘算的这种方式对待友好的主人，但更不会像克拉拉做的那样对待一个客人。她甚至还认为她许诺暂且不把殴斗的事告诉波隆德先生是友好的表示。这简直是骇人听闻！难道说卡尔是被邀请来参加一场摔跤比赛吗？难道说他被一个或许把自己生命的绝大部分都伴随着学习摔跤花招度过的姑娘摔倒是一件丢脸的事吗？说到底，她也许是从马克那里学来的。只要她把一切都讲给马克听，他肯定会通达事理，这个卡尔心里是有数的，尽管他永远也没有机会详细了解这一点。但卡尔也知道，如果马克教他的话，他会取得比克拉拉大得多的成就。到那时，他总有一天会再来这里，无疑不是被邀请来。他当然要先弄清这里的环境，因为熟悉环境是克拉拉今天的一大优势,接着就抓住这同一个克拉拉,痛痛快快地将她打翻在自己今天被放倒的同一张沙发上。

现在的问题就是找到回餐厅的路。由于他初到时心不在焉,可能把帽子放在餐厅里一个不恰当的地方了。他自然想举着这支蜡烛;但是,即便有烛光,他也难以弄清情况,比如说他根本就不知道,这间屋子是否跟餐厅在同一层上。克拉拉在来这儿的路上总是牵着他走,他根本就顾不上看看四周;格林先生和那些举着灯的用人也叫他思绪万千。总之一句话,现在他确实一点也不知道,他们是否上过一道或两道楼梯,或者根本就没有上过楼梯。往远处一看,觉得这间屋子的位置好像相当高。因此,他尽力想象着他们是踩着楼梯上来的。但他们在进楼时就先得登着台阶上,难道房子的这一侧不也同样高吗?可话说回来,要是至少在走廊的某个地方能看见从一扇门里透射出一丝光亮来,或者听得到远处传来的哪怕是隐隐约约的声音来就好啦！

舅舅送给他的怀表已经指到十一点。他举着蜡烛，出了屋子来到走廊上。他让门敞开着，以防找不到去路时至少还可以摸回自己的房间，过后万不得已时还可以找到克拉拉的房间。为了保险起见，他将一把靠背椅挡在门旁，免得它自行关上。走廊里显现出令人不快的情形：一股过堂风迎着卡尔 —— 他当然是背离着克拉拉的房门向左走去 —— 的面吹拂而来，虽说微弱，但毕竟很容易吹灭蜡烛。卡尔不得不用手护着烛火，而且不时地停住步子，好让被吹得奄奄一息的火苗恢复过来。他一步一步慢慢地向前挪，过道因此显得分外长。他顺墙走过一段又一段，墙上一扇门也没有，谁也无法想象这些墙后面是什么。然后便是一扇挨着一扇的门，他试着去开了几扇门，但它们都锁得紧紧的，房间里显然没有住人。这是一种无与伦比的空间浪费。卡尔想起舅舅答应过带他去看看纽约东部的居民住房。据说，那里一间小屋里住好几家人，一家人栖身在一个角落里，孩子们挤拢在父母的周围。而这里却有这么多的房间闲置着，只是供人们敲门时发出空荡的声音来。卡尔觉得，波隆德先生被虚伪的朋友迷惑了，痴爱着他的女儿，因此而堕落了。舅舅对波隆德的看法一点儿没错，只是他不给卡尔如何判断人施加影响的准则，对这次拜访，对在这走廊里的荡游负有责任。卡尔明天要把这一点毫无顾忌地告诉舅舅，因为照舅舅的准则看，他会乐意而从容地听取外甥对他的看法。此外，这条准则也许是卡尔对舅舅惟一不满意的，而这种不满意也并非是绝对的。

　　走廊一侧的墙突然到了尽头，取而代之的是一道冷冰冰的大理石栏杆。卡尔把蜡烛举到一旁，小心翼翼地俯过身去。一片虚无缥缈的黑暗迎面而来。如果这是房子的主厅——在微弱的烛光下，一个拱顶显现出它的一小部分——，那为什么进来时不经过这厅呢？这宽敞高大的空间做什么用呢？站在这上边，犹如站在教堂的楼厅上：卡尔几乎感到遗憾，不能在这幢房子里呆到明天；他盼望着白天让波隆德先生领着四处转转，把这里的一切弄个清清楚楚。

这道栏杆并不长。不大一会儿，卡尔又被吞没在封闭的走廊里。在走廊突然转弯的地方，卡尔重重地撞在墙上，幸亏他始终小心翼翼，极力地举着蜡烛，才使得它没有掉落和熄灭。这走廊似乎没有尽头，也没有窗口好让人向外看看，上上下下一点动静也没有。于是卡尔想道，他始终在同一道环形走廊里兜着圈子，并期望着也许又会找到他那开着门的房间。然而，无论是那扇开着的门还是那道栏杆都再也没有出现。卡尔一直克制着自己别大声喊叫，他不愿在一幢陌生的房子里，又是这么晚的时候吵扰人家。但此刻他意识到，在这个没有照明的房子里没有什么失礼可言。当他正要朝着走廊的两个方向扯开嗓子大喊一声"喂"时，发现从他来的方向有一盏小小的灯光慢慢移过来。这时他才能估计出这条直走廊有多长。这幢房子原来是座城堡，而不是什么别墅。卡尔看见这救助的灯光，简直高兴得忘乎所以，随之径直朝灯光跑去。他刚迈出几步，蜡烛就熄灭了。他也顾不上管它了，因为他不再需要烛光。一位年迈的仆人提着灯笼正迎着他走过来，也许会给他引路。

"您是谁？"这仆人一边问，一边把灯笼举到卡尔的脸旁，同时也照亮了自己的脸。他的脸显得有些呆板，银色的络腮大胡子垂到胸前，形成银丝般的卷儿。这准是个忠实的仆人，要不怎么会允许他留这样的胡须，卡尔一边想一边目不转睛地上下注视着这把胡子。虽然对方同时也在注视着他，但他并没有因此而觉得受到任何妨碍。另外，他立刻回答说，他是波隆德先生的客人，从房间出来想去餐厅里，但不知该怎么走。"原来是这样，"仆人说，"我们还没有把电接进来。""我知道。"卡尔说。"您不想借着我的灯点着您手里的蜡烛吗？"仆人问道。"谢谢。"卡尔边说边点起蜡烛。"这儿走廊里有过堂风，"仆人说，"蜡烛很容易被吹灭，所以我才提了个灯笼来。""是的，灯笼更为实用些。"卡尔说。"您身上滴满了烛泪。"仆人说着用烛光探了探卡尔的套装。"这我一点儿也没发现。"卡尔喊道。这叫他心里好不难过，因为舅舅说过，这套黑西装最合他身。他现在想起来，同克拉拉殴斗时穿着它也不会有什么好处的。这仆人倒很乐意尽快地帮他把衣服弄干净。卡尔在他面前将身子转来转去，不时地指着衣服上的蜡迹，仆人顺从地一点一滴地清除着。"这儿为什么会有穿堂风呢？"当他们往前走去时卡尔问道。"这里有许多地方需要修建，"仆人说，"虽然改建已经开始了，但进展非常缓慢。您也许知道,眼下建筑工人还在罢工。摊开这样的建筑工程,真有说不尽的烦恼。现在房子里打开了几个大缺口,谁也不去砌上它们,穿堂风满屋穿,我要不用棉花包住耳朵的话,就无法忍受得了。""这么说我得大点声讲话了?"卡尔问道。"用不着,您的声音很清亮。"仆人说。"还是回到这座建筑的话题上来吧,特别在小教堂的附近,穿堂风简直叫人无法忍受。这小教堂以后无论如何非得同这房子彻底隔开不可。""莫非在这条走廊里经过的那道栏杆就是通往小教堂的?""是的。""这个我马上就想到了。"卡尔说。"小教堂是值得看看的。"仆人说,"如果没有它的话,马克先生准不会买这栋房子。""马克先生?"卡尔问道,"我还以为这房子是波隆德先生的。""当然是他的。"仆人说,"但马克先生在买这房子时起了举足轻重的作用。您不认识马克先生?""噢,认识,"卡尔说,"那他跟波隆德先生是什么关系呢?""他是小姐的未婚夫。"仆人说。"这个我当然就不知道了。"卡尔说着停住步子。"这使您感到很奇怪吗？"仆人问道。"我只是要好好地想一想。要是不知道这样的关系，那就会犯大错的。"卡尔回答道。"我感到奇怪的只是，这事他们一点儿也没告诉您。""是啊，确实没有。"卡尔羞愧地说。"也许人家以为您知道。"仆人说，"那也不是什么新鲜事了。好吧，我们已经到了。"他说着打开了一扇门，门后便是楼梯，往下直通到餐厅的后门口。餐厅里依旧像他初到时一样灯火通明，听得见波隆德先生和格林先生谈话的声音，同大约两个钟头以前的情形一模一样。卡尔走进餐厅前，仆人说道："如果您愿意的话，我就在这儿等着，然后领着您回房间。初来乍到，要熟悉这儿的环境，毕竟有困难。""我不会再回房间去。"卡尔说，不知道自己为什么说这话时伤心起来。"不会这么严重吧！"仆人略带自负地微笑着说，并拍了拍卡尔的手臂。他大概把卡尔的一番话理解为，卡尔企图要整夜呆在餐厅里，跟先生们交谈，同他们一起饮酒。卡尔此刻无意去表白，另外他想着这个仆人比这儿其他仆人都要讨他喜欢，而且过后可能会指给他去纽约的路，因此便说道："如果您愿意在这儿等的话，那的确太好了！我打心底感谢您的好意。我肯定一会儿就出来，然后告诉您我下一步要做什么。我想我还少不了要麻烦您。""好吧，"仆人说着把灯笼放到地上，坐到一个低矮的基座上，这基座闲置着，想必也跟修房子有关系吧，"说好了，我就在这儿等着。"当卡尔要举着烛火进餐厅时，仆人又说道："您也可以把蜡烛放在我这儿。""我真是六神无主。"卡尔说着把蜡烛递给了仆人。仆人只是向他点点头，不知他是有意这样，还是用手捋了捋胡须的结果。

卡尔推开门，这门便发出很响的咯咯声。这也怪不得他，因为它是由一整块玻璃板做成的，只要猛一打开，还没等人松开手，几乎就要走样了。卡尔吃惊地松开了手，他刚才还想着悄然无声地走进去呢。他身子回也不回一下，便觉察到，在他身后，那个仆人从座位上走下来，小心翼翼地关上了门，一点响声也没有。"请原谅，打搅了。"卡尔对着两位先生说。这两个人带着十分愕然的神色注视着他，卡尔却趁机匆匆地扫视了一下餐厅，看会不会在什么地方很快地找到自己的帽子。但哪儿也看不到帽子的踪影，餐桌上收拾得一干二净，也许帽子被人不以为然地弄到厨房里去了。"您把克拉拉丢在哪儿了？"波隆德先生问道，好像对卡尔的打扰并不在意，因为他立刻改变了在靠背椅里的坐向，完全正面对着卡尔。格林先生则装出不闻不问的样子，掏出一个又大又厚的文件夹子，似乎在许多夹层里寻找着某一个文件。但他一边寻，一边也查看着拿到手里的其他文件。"我有一个请求，您可别误解了。"卡尔说着急匆匆地朝波隆德先生走过去，把手搭在靠背椅的扶手上，以便尽量贴近他。"究竟是什么请求呢？"波隆德先生问道，他用坦诚的、毫无保留的目光打量着卡尔。"当然是有求必应了。"他说着用手臂搂住卡尔，把他拽到自己的两腿之间。卡尔情愿任他这样，尽管他觉得波隆德先生这样待他未免有些太失常情了。不过这样一来，他的请求就难以出口了。"说真的，您到底在我们这儿觉得怎样？"波隆德先生问道。"难道您从城里出来到了乡下不觉得自由自在了吗？一般说来，"——一瞥不可误解的、被卡尔的身子有所遮挡的目光投向了格林先生——"一般说来，我向来就有这样的感觉，天天晚上如此。""听他说话，"卡尔想，"仿佛他对这空荡荡的房子，那没有尽头的走廊，那小教堂，那空空如也的房间，那四处的黑暗一无所知。""好吧！"波隆德先生说，"说出您的请求吧！"他亲切地摇了摇不声不响地站在跟前的卡尔。"我请求，"卡尔说，尽管他极力压低声音，但也免不了让坐在一旁的格林听得一清二楚，卡尔打心底里就不想让格林听见这个请求，因为它可能会被理解为对波隆德先生的侮辱，"我请求您还是让我现在，也就是连夜回家去。"既然让人最不爱听的话都已经说出口了，所有其他要说的话便一股脑儿涌了上来。他老老实实原原本本地把他本来根本就没有想过要说的事都说了出来。"我一心想着要回家去。我很喜欢再来，波隆德先生，您在哪儿，我就喜欢上哪儿。只是今天我不能呆在这儿。您知道，舅舅很不情愿地同意了我来这里拜访。他对此肯定有他不可置辩的理由。他无论做什么事，都会深思熟虑的。我擅自软磨硬缠，不顾他的好心劝说，强求得到了他的许可。我简直滥用了他对我的爱，至于他是出于什么想法反对这次拜访，现在也全然无所谓了。但我完全清楚，无论是什么想法，丝毫也不会有伤害您的意思。您是我舅舅最好的朋友，独一无二的好朋友。在我舅舅的友情中，谁都不能同您相提并论，丝毫无法与您相比。这也是对我不恭行为的惟一申辩，但并非是充分的申辩。您也许对我和舅舅之间的关系了解得不很确切，因此，我只想谈谈至关重要的事。只要我的英语学业还没有完成，只要我在实际的商业活动中还没有足够的见识，我的生活就得完全依赖舅舅的恩赐。作为血亲，我毕竟还可以享受这份恩赐。您可别以为，我现在已经能够以某种方式正经八百 —— 而充其量不过是上帝保佑着我 —— 地挣得生计。可惜我为此受到的教育太不实用了。我在一所欧洲的中学里读了四年书，且是个平平常常的学生，要说去挣钱，那则意味着一无所有，因为我们中学的教学是十分落后的。要是我讲给您我学了些什么，您听了就会发笑的。如果继续学习，读完中学，再上大学，那一切就可能得到某种方式的弥补，那毕竟是受到了一种正规完整的教育，凭着它便可以开始干点事情,况且它也给了你去挣钱的信心。但我只叹中断了这种系统的学习。有时候我觉得自己简直一无所知。说到底,我所知道的一切对一个美国人来说也是微乎其微。现在,我的家乡到处都在改革,建起了新型中学,那儿可以学习现代语言,或许也可以学习商业贸易。而当我读完小学时,还没有这样的学校。我父亲曾经打算让我学习英语,但一来我当时还不可能料到我将会遇到什么样的不幸,我怎么会用得上英语呢;二来我得为上中学苦苦准备,也就没有太多时间兼学别的。我之所以提起这一切,无非是要向您说明,我是如何依赖于我的舅舅,因此也对他负有义务。您肯定会承认,处在这样的情况下,我当然丝毫不能容许自己做任何违背他的意愿的事,哪怕只是预感到的意愿。正因为如此,为了多多少少挽回我对他所犯下的过失,我必须马上回家去。"

波隆德先生聚精会神地倾听着卡尔这番长篇大

论，不时地即便是不知不觉地把卡尔搂得紧紧的，尤其当提到舅舅时更是如此；他几次严肃而又像充满期望地朝着依旧在翻着文件夹的格林望过去。然而，卡尔在说话时越是明确地意识到他对舅舅的态度，心里就越发忐忑不安。于是他不由自主地企图从波隆德的手臂中挣脱出来。这儿的一切都使他憋得慌，展现在他眼前的是通往舅舅家的路：走出这扇玻璃门，逐级而下，穿过林阴道，沿着乡间公路，经过市郊就到了通往舅舅家的那条大道上。卡尔觉得，这条路宛如一个严格的不可分割的整体，空旷而平坦，随时等待着他，强烈地召唤着他。波隆德先生的友善和格林先生的可恶变得模糊起来。卡尔一心只想离开这间烟雾弥漫的屋子，得到恩准告辞。他虽然觉得跟波隆德先生的事已经结束，但跟格林先生还要奉陪到底；一种莫名其妙的恐惧气氛笼罩着他，模糊了他的两眼。

他向后退了一步，所站的地方与两位先生保

持同样的距离。"您不想跟他说些什么吗?"波隆德先生问格林先生,乞求似的抓住格林的手。"我不知道我该跟他说些什么?"格林先生说,终于从他的文件夹里掏出一封信摆到面前的桌子上,"他要回到舅舅那儿去,这是值得称道的。按照人之常情,人们会以为他这样做准让舅舅特别高兴。但由于他不听劝说,也可能使舅舅大为恼火,这是不容置疑的。那么他当然最好就呆在这儿了。难就难在说得确切些。我们俩虽说都是他舅舅的朋友,而且也很难在我的友情和波隆德先生的友情之间分个高低,但我们却无法看见他舅舅的内心深处,更何况有许多公里的距离把我们这儿和纽约隔开来。""对不起,格林先生,"卡尔一边说,一边克制着自己靠近格林先生,"我从您的话里听得出来,您也认为我马上回去才是上策。""我可根本没那样说过。"格林先生说毕便埋头看那封信,两个手指在信纸边上划来划去。他这样做似乎要表明,他是应波隆德先生的提问答话的,而与卡尔毫不相干。

这期间,波隆德先生走到卡尔跟前,温存地把他从格林先生身边拉到一扇大窗前。"亲爱的罗斯曼先生,"他俯到卡尔的耳旁说,用手帕擦了擦脸,然后捂在鼻子上擤了擤鼻涕,准备说下去,"您可别以为,我有意要违背您的意愿把您留在这儿。这根本就谈不上,我之所以不能给您车用,因为它停放在一个离这儿很远的公用车场里。这里百废待兴,我还没有来得及建自己的车库。再说司机也不睡在这儿,他住在那车场附近。说真的,我自己也不知道具体在哪儿。此外,他根本也没有义务现在呆在家里。他的职责只是每天一早准时把车开到这儿门前。不过这一切也不会妨碍您立刻回家去。如果您执意要走的话,我马上陪您到离这儿最近的市郊火车站去。当然那也够远的了。从那儿乘车并不比您明天一早 —— 我们七点钟出发 ——

跟我一道坐车走会早到家多少。""波隆德先生，那我也宁愿乘市郊火车走。"卡尔说，"我根本就没有想到市郊火车。是您自己说，我乘市郊火车要比明天一早坐汽车走早些到家。""不过就差那么一点点时间。""尽管这样，波隆德先生，尽管这样，"卡尔说，"我不会忘记您的热情，总是乐意来这儿的。当然这就是说，您并不在意我今天的举止，还愿意再邀请我来。也许下一次我能更好地向您说明，为什么今天我能早一分钟见到舅舅对我是那么的重要。"他接着补充说，仿佛已经获准离去："但无论如何不能让您陪我去，而且也完全没有那个必要。外面有个用人会乐意陪我去车站的。现在我只需要找一找我的帽子就是了。"说到这里，他便横穿过屋子，最后匆匆地再看一眼，或许还能找到他的帽子。"我可以不可以送给您一顶帽子来替代呢？"格林先生说着从兜里掏出一顶帽子，"或许您戴上它也合适。"卡尔惊愕地停住步说："我怎么会戴走您的帽子呢？我完全可以光着脑袋走，没有什么不好。我什么也不必戴了。""这不是我的帽子。您只管拿去吧！""那就谢谢了。"卡尔说，为了不再耽搁时间，便顺手接过帽子。他把帽子戴在头上，先是笑了笑，因为大小完全合适，接着又把它拿在手上仔细看了看，寻找着上面的特殊标志，但什么也没找到。这是一顶全新的帽子。"太合适了！"他说。"瞧，正合适！"格林先生拍着桌子喊道。

卡尔已经朝门口走去准备叫那个用人。这时格林先生站了起来，伸伸酒足饭饱休坐已久的身子，捶捶胸口，以介乎劝告和命令的口吻说："您离开之前，一定要向克拉拉小姐道别！""您一定要这样做。"波隆德先生跟着站起身来也说道。从他的话音里听得出，他这样说并非出自肺腑。他有气无力地让两手耷拉在裤缝上，一会儿解开上衣的扣子，一会儿又扣上。这件上衣是眼下流行的时装，短得几乎盖不过腰间，裹在像波隆德先生这样肥胖的人身上很不相称。再说，他这样站在格林先生身旁，相形之下，让人明显感到他的肥胖并非是健康的；他身躯臃肿，压得背都有点弯曲了，腹部耷拉得要坠落下来，一堆实实在在的赘肉，而且脸色苍白难堪。格林先生站在这儿则不然，他也许比波隆德先生还要胖些，但他的肥胖连成一体，相辅相成，两脚并拢得像军人一样，挺着脑袋摇来晃去，宛如一个优秀的体操运动员，一个体操表演家。

"那么您先去克拉拉小姐那里，"格林先生接着说，"这肯定会叫您欢心的，也十分适合我的时间安排。也就是说，在您离开这儿之前，我真的要告诉您一些令人感兴趣的事。这事大概对您的去留具有决定的作用。只可惜我奉上司之命，不到午夜，一点都不能向您泄露。您可以想象得到，这也使我感到遗憾，折腾得我晚上不能休息，但我要信守人家给我的嘱托。现在是十一点一刻，我同波隆德先生还能谈完我们的生意，您在场不大方便，您可以去同克拉拉小姐度过这段美妙的时刻。十二点整您准时到这里来，便会得到您该得到的消息。"

难道卡尔能拒绝这个要求吗？这个要求确实使卡尔面对波隆德只能表现出最低限度的礼貌和谢意。再说它是由一个原本不闻不问现在却肆无忌惮的人提出来的。而身在其中的波隆德先生却竭力不露声色。那个要他到午夜才许知道的令人感兴趣的事是什么呢？这事非但没有使他回去的时间加快三刻钟，反倒推后这么长，对此他也没有什么心思去想。但他心头最大的疑虑是，到底该不该去克拉拉那里呢。她毕竟是他的敌手。要是随身带着那把舅舅送给他当作镇纸用的护身剑，那该多好啊！克拉拉的房间无疑是一个相当危险的洞窟。但此时此刻，万万不可说克拉拉的一点不是，她毕竟是波隆德先生的女儿，更何况 —— 像他刚才所听到的——是马克的未婚妻。她仅仅为一件区区小事就翻脸不认人,闹得不亦乐乎,而他竟为她与马克的关系毫不掩饰地赞叹过她。卡尔仍然在思虑着这一切,但他已经发觉人家不容他再思考下去,因为格林打开门对那个用人说:"带这位年轻人去克拉拉小姐那儿!"用人随之从座位上跳了下来。

用人拽着卡尔抄一条特别近的道朝克拉拉的房间走去,他几乎在奔跑着,因年迈力衰而呻吟不止。"人们就是这样执行着命令。"卡尔思忖着。当卡尔路过他那依然敞开着门的房间时,想进去看一眼,也许是为了让自己平静下来。但用人却拦住了他。"不行,"他说,"您一定要去克拉拉小姐那儿。您可是亲耳听见的。""我在里面只停留片刻。"卡尔说,盘算着倒在长沙发上稍稍休息,换换精神,好让时间快些走到午夜。"您可别为难我了,我得完成我的任务。"用人说。"我必须去克拉拉小姐那儿,他好像把这看作是一种惩罚。"卡尔心里想着。他走了几步，但执拗又停了下来。"您既然已经到了这儿，那就跟着走吧，我的先生，"用人说，"我知道，您今晚就想离开，但不是事事都可以随心如意的。我不是当即就告诉过您，那几乎是不可能的。""您是说过，可我要离开，也会离开的。"卡尔说，"我现在只是去同克拉拉小姐道别。""原来是这样。"用人说。卡尔从他的神色里看得出来，他一句话也不相信。"既然去道别，那您为什么要犹犹豫豫的呢？跟着走吧。"

"谁在走廊里？"这时传来克拉拉的声音，只见她从近旁一扇门里探出身子，手里举着一盏红罩子台灯。用人匆匆赶到她跟前去报告，卡尔慢慢腾腾地跟在他后面。"您来晚了。"克拉拉说。卡尔暂且没有答理她，而是小声对用人说话，但由于他已经了解用人的本性，便带着严肃命令的口气说："您就在这门前等着我！""我正要去睡觉。"克拉拉说着把灯放在桌上。像在楼下的餐厅里一样,又是这用人从外面小心翼翼地关上了房门。"现在已经过了十一点半。""过了十一点半?"卡尔疑惑地重复道,好像对这个数字很吃惊。

"那么我不得不马上告辞了,"卡尔说,"因为十二点整我必须准时到楼下餐厅里。""您有什么急事吗?"克拉拉问道,心不在焉地整了整她那宽松睡衣的皱褶。她满脸绯红,一个劲儿地微笑着。卡尔相信看得出不会有跟克拉拉再次陷入争执的危险。"难道您不能弹一小会儿钢琴吗? 爸爸昨天,您今天自己都答应过我了。""但不是已经太晚了吗?"卡尔问道。他也真的很想要让她开开心,因为她同先前判若两人,似乎不知怎样就突然步入波隆德甚至马克的圈子里了。"是的,已经太晚了。"她说,看样子,她好像对音乐的兴致也消失了,"这时候,每个音符都会回响在整个房子里。我相信,要是您一弹起来,连上面阁楼里的用人都会给闹醒的。""这么说我就不用弹了,我想一定会再来的。再说,如果您觉得方便的话,不妨去拜访一下我舅舅,趁机也顺便看看我的房间。我有一架豪华的钢琴,是舅舅送我的。到了那会儿,如果您不嫌弃的话,我就把我会弹的曲子都弹给您听。可惜我会弹的曲子不多,那些曲子也根本不配在如此大雅的乐器上演奏。这样的乐器只是供人们来欣赏演奏大师的。不过,如果您能事先告知我拜访的时间,也会享受到这样的快乐,因为舅舅不久要为我聘请一位著名的钢琴师,——您可以想象,我是多么高兴地盼望着这一天的到来。到那时,您可以在我上课的时候来拜访,自然就会欣赏到钢琴师精彩的演奏了。说心里话,我很高兴的是,现在要弹奏已经太晚了,因为我还什么都不会。您会感到惊奇,我会弹的曲子简直少得可怜。现在请允许我向您道个别。毕竟已经是睡觉的时间了。"因为克拉拉亲切友好地注视着,好像一点也没有为殴斗的事而耿耿于怀,卡尔一边向她伸去手,一边笑眯眯地补充道:"在我的故乡,人们习惯说:愿你睡个好觉,做个甜蜜的梦!"

"您等等,"她说,没有握起他伸来的手,"也许您还是弹一弹好。"随之她消失在一扇小侧门后边,门旁立着一架钢琴。"究竟是怎么回事?"卡尔揣摩着,"不管她多么可爱,反正我是不能久等了。"这时有人敲了敲靠走廊的门,那个不敢把门全打开的用人透过门缝悄悄地说:"请原谅,他们刚才召我去,我不能再等了。""您只管走吧!"卡尔说,他现在敢独自找去餐厅的路了,"您把灯笼放在门前。现在什么时候了?""马上就十一点三刻了。"用人说。"时间过得多慢啊!"卡尔说。用人正要关上门时,卡尔想起还没有给他小费,于是从裤兜里掏出一个先令——按照美国人的习惯,现在卡尔的裤兜里总是装着叮当响的硬币,而纸币则放在坎肩兜里——,递给用人说:"谢谢您的精心关照!"

克拉拉又走了进来。两手按在她那固定的发型上。这时，卡尔突然想起真不该把用人打发走。谁现在会陪他去市郊火车站呢？好了，波隆德先生可能会另派一个用人来。再说也许那个用人被叫到餐厅里，然后又回来听候他的吩咐。"那我还是请您随便弹几首曲子吧。这儿难得听到音乐，人们不愿意放过任何听音乐的机会。""要不就来不及了。"卡尔不假思索地说，立刻坐到钢琴前。"您要乐谱吗？"克拉拉问道。"谢谢，我根本就不大会识谱。"卡尔边回答边弹了起来。那是一首小曲子。卡尔肯定知道，这首曲子如果特意要让外国人也能听得懂的话，必须用相当缓慢的节奏来弹奏，但他用不堪入耳的进行曲速度草草地弹了下去。弹完之后，房子里被打破的宁静一下子全又恢复过来。他们坐在那儿，昏昏迷迷的样子，一动也不动。"太美了。"克拉拉说，但没有一句卡尔弹奏完后按理会受到恭维的客套话。"几点了？"他问道。

"十二点差一刻。""那么我还有一点时间。"他说,并暗暗地想着:"要么这首,要么那首,我无论如何不能把我会弹的十个曲子都弹上一遍,但有一首我会尽可能弹得好些。"于是他开始弹起自己所喜爱的士兵曲。他弹得那么慢,连听者那忍耐不住的渴盼都延伸到了下一个音符上,卡尔却迟迟按着不动,只是艰难地让它发出音来。事实上,他弹每首曲子时,都不得不睁大眼睛搜寻着每一个必要的琴键;此外,他还觉得心中升起了另一首曲子,它超越过正在弹奏的这首曲子的尾声,寻求着另外一个尾声,却无法找到。"我可是什么都不会。"卡尔弹完这首曲子后说,眼里噙着泪花注视着克拉拉。

这时,从旁屋里传来了啪啪的鼓掌声。"还有人在听呢!"卡尔如梦初醒地喊道。"是马克。"克拉拉低声说。随之听见马克喊道:"卡尔·罗斯曼,卡尔·罗斯曼!"

卡尔一跃而起,两脚同时跳过钢琴凳子,

推开那扇门，只见马克半躺半坐在一张有天盖的大床上，腿上随便搭着一条被子。在这个原本朴素的、用贵重木材做得棱角分明的床上，那蓝色的丝织床罩是惟一一件颇有童话气氛的华丽装饰。床头小柜上只点着一支蜡烛，但床上用品和马克的衬衫洁白如玉，烛光映照在它们上面，几乎反射出灿烂夺目的光亮；丝织床罩那轻轻的波皱和微微绷起的周边也闪耀着光辉。但就在马克的身后，这床连同一切都沉浸在一片黑暗中。克拉拉身子靠在床柱上，目不转睛地看着马克。

"您好！"马克说着向卡尔伸过手去。"您弹得不赖啊，我还没看出来您不仅只懂骑术。""我是样样都不通，"卡尔说，"我要是知道您在听，肯定不会献这丑的。但您的小姐 ——"他停顿了一下，犹豫着未说出"未婚妻"这个字眼来。很显然，克拉拉和马克已经同居了。"这我预料得到。"马克说，"因此就叫克拉拉把您从纽约诱出来，要不我哪里会听到您弹钢琴呢？您确实还是个初出茅庐的生手，就是在您拿手的曲子里也出了几个错，况且弹得很幼稚。但无论怎么说，我听了非常高兴，更何况我不会小看任何人的演奏。难道您不想坐下来在我们这儿多呆一会儿？克拉拉，给他拿把椅子来。""谢谢，"卡尔结结巴巴地说，"我倒很乐意呆在这儿，但我不能呆下去了。我知道太晚了，这房子里竟有这样舒适的房间。""我要把一切都改建成这个样子。"马克说。

这时，传来了十二声钟响，一声赶着一声，一声余音未散另一声就响起来。卡尔觉得，那大钟的摆动就飘拂在他的面颊上。这是一个什么样的村庄，竟然有这样的大钟！"时间来不及了！"卡尔说，只是向马克和克拉拉伸去两手，顾不得握一握就跑到走廊里。在走廊里，他没找到那灯笼，后悔给仆人小费太晚了。他打算顺墙摸到他那敞开着门的房间，但还没走到一半，就看见格林先生高举着蜡烛急急忙忙摇摇晃晃地走过来了。他举着蜡烛的手里同时拿着一封信。

"罗斯曼，您到底为什么不来呢？您为什么要让我等着呢？您究竟在克拉拉小姐那儿干了些什么？""问题真多！"卡尔想，"现在他还要把我摁到墙根上去。"因为他确实紧站在背靠着墙的卡尔面前。在这个走廊里，格林肥胖的躯体显得十分可笑，卡尔打趣地问自己，莫非他连好心的波隆德先生都吞进去了。

"您真是个不讲信用的人。您答应十二点整下楼来，非但不守信用，反倒偷偷摸摸地围着克拉拉小姐的房门转悠。我说好午夜告诉您一件令人感兴趣的事，现在不就把它带来了吗？"

随之，他把信递给卡尔。信封上写着："致卡尔·罗斯曼。午夜时分交给他本人，不管在哪儿碰到他。""我觉得，"当卡尔拆开信时，格林先生说，"您终归得承认，我为了您，专程从纽约开车来这儿,您根本就不应该让我在这走廊里追着您的屁股找。"

"是舅舅来的!"他几乎往信里看也没看一眼就说道。"我就盼着它呢。"他转向格林先生说。

"您盼不盼着它,这跟我毫不相干。您还是先看看信好了。"这人说着把蜡烛举到卡尔面前。

卡尔借着烛光读起信:

亲爱的外甥!

在我们只可惜太短暂的共同生活的日子里,你也许会看得出来,我是一个地地道道讲求原则的人。这不仅对我周围的人,而且对我本人都是非常不愉快的、也是伤感的。但是,我现在的一切都归功于我的原则,任何人都没有资格要求我从根本上去否认我自己。任何人,也包括你,我亲爱的外甥,即便首屈一指的会是你,倘若我有朝一日突然会产生一个念头,容许对我有那种习以为常的冒犯。到那时,我也许恨不得用我这两只拿着纸写写画画的手把你接住捧得高高的。但由于暂时还没有一点迹象预示着这样的情况有一天会发生,因此,在今天这事发生后,我不得不无条件地让你离开我。我恳切地请你既不要亲自上门来找,也不要写信或者通过中间人寻求与我联系。你是违背我的意愿,决定今天晚上离我而去,那你就永远守着这个决定吧。这样才算得上是一个男子汉的决定。我选择我最好的朋友格林先生去传递这个消息,他肯定会找到足以宽慰的话,而我眼下对此实在无能为力。他是位富有影响的人。看在我的面上,他会在你独立起步的时候大力支持你。当我要结束这封信时,又觉得我们的离别是不可思议的。为了理解它,我不得不一再告诉自己:卡尔,从你的家里出来的,没有什么好让人称道的东西。如果格林先生忘记把箱子和雨伞交给你的话,你提醒他就是了。深深地祝愿你永远幸福!

你忠实的舅舅雅各布

"你看完了吗?"格林问道。"完了。"卡尔说,"您把箱子和雨伞给我带来了吗?""在这儿。"格林说,随之把那只旧旅行箱放到卡尔身旁的地板上。他一直把箱子用左手提着藏在背后。"那雨伞呢?"卡尔继续问道。"全在这儿。"格林边说边把挂在裤兜上的那把雨伞拿下来。"这些东西是一个叫舒巴尔的人送来的,他是从汉堡到美国海轮上的轮机长。他说这些东西是在船上找到的。您有机会时可以谢谢他。""现在,我起码又有了我这些旧东西。"卡尔说着把雨伞放在箱子上。"但以后您要多多留心这些东西,参议员先生让我这样告诉您。"格林补充说。然后,他显然出于个人的好奇问道:"这样一个奇怪的箱子到底是干什么用的？""在我的家乡，士兵们入伍时都提着这样的箱子。"卡尔回答说，"这是我父亲的旧军用箱。不管怎么说它非常实用。"他笑眯眯地补充说："也就是说，可不能把它随随便便丢在什么地方。""您总算有了足够的教训。"格林先生说，"在美国，您也不会有第二个舅舅的。我这里再给您一张去旧金山的三等舱船票。这次旅程是我为您安排的，其一，对您来说，东部的就业可能性要大得多；其二，在这里凡是能够为您考虑到的事，都少不了您舅舅插手去操持，现在无论如何得避免同舅舅见面。到了旧金山，您就可以完全不受干扰地工作。您安心地从最低层做起吧，努力奋斗，一步一步地爬上来。"

卡尔从这番话里听不出有什么恶意。整夜藏在格林心里的这个坏消息终于亮出来了。从现在起，格林好像不再是一个危险人物，比起其他任何人来，也许同他更能坦率地交谈。这个大好人被无辜地挑选来充当传递这样一个秘密而折磨人的决定的差人,只要他还保守着这个决定,必然会显得令人可疑。"我会马上离开这栋房子的。"卡尔说,并期待着得到一位久经世故的人的确认,"我只是作为我那舅舅的外甥受到了接待,而作为陌生人,我则没有任何理由要来这里。劳驾您指给我出口在哪儿,然后把我领到去最近的一家客店的路上好吗?""但要快点,"格林说,"可别给我再添麻烦。"当卡尔看到格林马上迈开大步要走开时,便愣了起来。那急不可待的样子好可疑。他上去抓住格林的上衣,突然间看清了事情的真相。他说:"有一点您还得向我说清楚。在您交给我的那封信的封皮上只是写着:我应该在午夜收到它,无论在哪儿碰到我都行。那么,当我十一点一刻要离开这儿时,您为什么要利用这封信阻拦我留在这儿呢? 您这样做超出了您的职责。"格林打了一个手势作为回答的开始,过分地表明卡尔的话一文不值，然后说："难道在信封上写着我应当为了您疲于奔命，非得奔个七死八活不可吗？难道这封信的内容可以让人推断出信封上的话能这样理解吗？如果我不拦住您的话，那我不就得在午夜追到乡间公路上去交给您这封信吗？""不，"卡尔毫不动摇地说，"事情并非完全这样，信封上写的是'过了午夜交'。如果您太疲倦了，也许根本就追不上我。或许我午夜已经到了舅舅那里，当然这个连波隆德先生也会否认；或许您也有义务用您的车把我送回舅舅那里，因为我一再要求回去，您却只字不提车的事。难道信封上写的不是清清楚楚，午夜应该是给我最后的期限吗？就怪您，使我错过了这个机会！"

卡尔瞪着严厉的眼睛注视着格林。他看得出，在格林的心里，这种被揭穿的羞耻和诡计成功的喜悦斗得难解难分。格林终于尽力克制住自己说："别再说下去了。"听他说话的口气，仿佛是打断了已经沉默良久的卡尔的话。接着，他打开面前的一扇小门，把又拿到箱子和雨伞的卡尔推了出去。

卡尔惊异地站在门外面，面前有一道连着这房子建造的、不带栏杆的楼梯直通下面。他只需径直走下去，然后稍稍向右一拐，便是那条通往乡间公路的林阴道。在皎洁的月光下是根本不会迷路的。到了下面，他听见花园里有好几只狗在狂吠。它们被放开来，在黑洞洞的树阴下蹿来蹿去。周围万籁俱寂，完全听得清它们纵身跳跃，然后扑进草丛里的声响。

卡尔并没有受到这些狗的侵扰，幸运地走出了花园。他不能确切判定纽约在哪个方向；他乘车来这儿的路上，没太留神那些现在会对他有用处的细小标志。最后，他告诉自己说，不一定非得去纽约不可，那里没有人盼着他，而且还有一个人甚至肯定不想看见他。于是他随意选了一个方向上路了。

Franz Kafka
Das erzählerische Werk

Der Verschollene

四 去往拉姆西斯的路上

卡尔小走了一程后，来到一家小客店。这里原是纽约马车驿道的最后一个小驿站，因此通常很少用来过夜。卡尔要了最便宜的床位。他觉得，从现在起就得节省着用钱。店主满足了他的要求，挥了挥手示意让他上楼去，仿佛卡尔就是这儿的店员。上了楼，接待他的是一位披头散发上了年纪的女人。她被从睡梦中吵醒，一脸气呼呼的样子，几乎听也不听卡尔说什么，一个劲嘟嘟哝哝地提醒他脚步放轻点。她把卡尔领到一间屋子里，嘘嘘示意他别吱声，随之便拉上了门。

屋子里一团漆黑，卡尔一时弄不明白，是因为窗帘放下来了呢，还是这屋里根本就没有窗户。他终于发现了一个遮掩着的小窗口。他拉开帘子，有几丝光亮从外面透了进来。这屋里有两张床，但上面已经躺着人。卡尔看见两个年轻人在呼呼大睡。看他们那样子,他一下子难以放下心来,因为他们没有什么理由穿着衣服睡觉,其中一个甚至连靴子也没脱。

就在卡尔拉开帘子的瞬间,其中一个酣睡的年轻人微微抬起胳膊和腿,看到那副架势,卡尔竟不顾自己的惶恐不安,忍不住暗暗笑了起来。

他很快就意识到,即使撇开这里没有其他睡觉的地方不说,他也不能只顾着去睡觉,而使他刚刚失而复得的箱子和随身带的钱再遭厄运。可离开这里吧,他也不愿意;他没有胆量从那女人和店主身旁溜过去,马上又离开这家客店。再说,这里也许要比在大街上安全些。当然,让人感到异乎寻常的是,借着昏暗的光亮,整个屋子里连一件行李也看不到。不过这两个年轻人也许而且完全可能是客店的伙计,他们过会儿就要起来伺候客人,所以才和衣睡觉。这样说来,跟他们睡在一起固然不怎么体面,但也更少些担心。不管怎样,只要还有一丝疑虑没有排除,他千万不可掉以轻心,躺下去睡大觉。

一张床前的下方放着一支蜡烛和火柴,卡尔蹑手蹑脚地取了过来。他无所顾虑地点起了蜡烛,因为按店主的安排,这屋子同样属于他,就像属于他们俩一样。况且他们已经享用了半个良宵,并占着两张床,和他相比,他们够占便宜了。另外,他在来回走动和收拾行李时小心翼翼,极力不去吵醒他们。

他首先想打开箱子看看,清点一下他的东西。可那些东西他已经模模糊糊地记不清了,最值钱的东西恐怕早已无影无踪了。只要是经过舒巴尔的手,你就别再指望完好无损地得到它。不用说,他会从舅舅手里得到一笔可观的小费,但同时又会在少了某些物品时制造种种借口,把罪责推卸到原来照看箱子的布特鲍姆先生身上。

卡尔把箱子打开一看，立刻吃了一惊。一路上，他花去了多少时间把箱子整了一遍又一遍，可现在，一切都乱七八糟地给塞在里面，箱锁刚一开启，箱盖就自动弹了开来。然而，卡尔很快就高兴地看到，箱子里的凌乱只是因为人家后来把他在旅途中穿在身上的那套西装一并塞了进去。当时装箱时，他当然没有考虑过给它留出位子来。东西一件也没少：不仅护照，而且从家里带来的钱依旧安然无恙地装在上衣的暗兜里。如果卡尔把这钱和随身带的钱加在一起，也足够应付眼下这阵子的生活了。那些他抵达美国时穿在身上的衣服也在箱子里，洗得干干净净，熨得平平整整。卡尔立刻把表和钱放进这安全可靠的暗兜里。惟一让他感到懊丧的是，那包威罗纳色拉米香肠还放在箱子里，串得满箱子都是它的气味。如果不想个什么法子除掉的话，卡尔往后几个月就免不了要带着这种气味四处游荡。

他翻腾着放在箱底的几样东西:一本袖珍《圣经》,还有信纸和父母的照片。这时,他头上戴的那顶帽子掉到了箱子里。在它那固有的环境里,卡尔一下子就看出,这是他自己的帽子,是妈妈送给他旅行用的。但出于小心,他在船上没有戴过这顶帽子。他知道,在美国,人们一般戴便帽而不戴礼帽,所以在到达美国之前,他一直没舍得戴。于是,格林先生自然就利用这顶帽子来戏弄卡尔,自得其乐了。莫非是舅舅让他这样做的?卡尔无意而愤怒地抓住箱盖,啪的一声把它合上了。

这下可糟啦,两个酣睡的人被吵醒了。先是一个伸开四肢打着呵欠,另一个也立刻跟上了。这时候,箱子里的东西几乎全都摊在桌子上,如果这两个人是小偷的话,他们只需走过来随意拿了。卡尔举着蜡烛走到床边向他们解释说,自己在这儿享有什么样的权利。他这样做不仅是为了先发制人,而且也是为了马上弄清情况。这两个人好像对卡尔的解释一点儿也不在乎,他们依然是那般睡眼蒙眬的样子,懒得张口说话,只是木然地盯着他。他们俩都很年轻,但艰辛的工作或困苦使他们脸上的骨头过早地凸了出来,不修不剪的胡子乱糟糟的吊在下巴上,久久没有理过的头发乱蓬蓬地披在头上。他们此刻还蒙蒙眬眬地没有醒过来,不停地用手指节骨揉压着那深陷的眼睛。

卡尔不想错过他们还处于迷迷糊糊的时刻,趁机说道:"我叫卡尔·罗斯曼,是德国人。既然我们同住一间屋子,那就请二位也告诉我尊姓大名和国别。我再声明一下,我没有要张床铺的意思,我来得这么晚,况且也不打算睡觉。另外,你们可别介意我这身漂亮的衣服,我穷得叮当响,无可指望了。"

那个穿着靴子睡觉的矮个子动着手臂、腿脚和面部表情,示意他对这一切丝毫不感兴趣,现在也根本不是这样谈话的时候,随之马上又躺下去睡了。另一位是个肤色黝黑的汉子，也跟着躺下去了。但他在临入睡前，懒洋洋地伸开手指着说："这位叫罗宾逊，是爱尔兰人，我叫德拉马舍，是法国人，现在请安静。"他一说完这话，就一口气吹灭了卡尔手里的蜡烛，倒在枕头上睡了。

"这么说危险暂时排除了。"卡尔自言自语地回到桌前。如果他们的昏昏欲睡不是假装的话，那一切都会顺利的。只是那个爱尔兰人叫他心里七上八下。卡尔不再记得清了，在家时，他不知在哪本书里看到过，在美国应该时时提防那帮爱尔兰人。可爱尔兰人到底有多危险呢？呆在舅舅那里期间，他自然本该有得天独厚的良机问个水落石出，但却完完全全错过了，因为他以为永远会得到很好的照料。于是，他想至少借重新点燃的烛光把这个爱尔兰人看得仔细些。这时他发现，恰恰这个爱尔兰人看上去要比那个法国人还要让人好忍受些。卡尔从几步远的地方踮起脚看到，这人的面颊上还留着曾经圆润丰满的痕迹，睡梦中满面笑容，可亲可爱。

尽管这样，卡尔还是打定主意不睡觉。他坐到屋里仅有的一把靠背椅上，暂且不去打理箱子，他还有一整夜的时间可以用来收拾它。他随便翻了翻那本《圣经》，也没有要读的意思。然后，他拿起父母的照片端详着：矮小的父亲直挺挺地站着，而在他的前面，母亲稍微陷进去似的坐在一把圈椅里。父亲一只手扶着椅背，另一只手握成拳放在一本打开的插图书上。这本书摆在位于他身边一张不太结实的小装饰桌上。另外还有一张卡尔同父母合影的照片，上面一边是卡尔按照摄影师的吩咐必须看着那照相机，另一边是父亲和母亲都严厉地盯着他。但这张照片家里没有给他带到旅途上。

于是他越发仔仔细细地端详着面前的这一张。他试图从各个不同的角度来捕捉父亲的目光。然而，尽管他变换着各种各样的烛光方向看来看去，父亲怎么也不愿意活生生地显现出来，他那浓密而直立的胡须根本不像他实际的样子。这不是一张成功的照片。相反，母亲却照得要好些，看她那走了样的嘴，仿佛有人施加给了她什么痛苦，使她不得不强扮个笑脸。卡尔觉得，好像无论谁看这张照片，都必定会有这样的感受。但转瞬间他又觉得，这种感受的清晰性过分强烈了，几乎荒谬不堪。人们怎能从一张照片上就会对照片里的人那潜藏深处的情感如此强烈地获得不可辩驳的确信呢？他的目光从照片上移开了一会儿。当他把目光再投回到照片上时，看见妈妈的手垂在圈椅的最前边，近得让人都吻得着。他心里思忖着，给父母亲写封信好不好呢？在汉堡时，他们俩确确实实向他这样要求过，而且父亲最后说得非常严肃。那是在一个可怕的夜晚，妈妈倚在窗前向他宣布了这次美国之行。不言而喻，他当时就起过誓，永远不给父母写信，绝无反悔。然而，眼下在这新环境中，那样出自一个涉世不深的孩子口中的誓言顶什么用呢？就好像他当时也可以发誓他到美国两个月以后就会成为美国国民军的将军一样。而事实上，他却同两个流浪汉挤在纽约附近一家客店的阁楼里。除此以外，他必须承认，这儿确实是他的归宿。想到这里，他露出微笑审视着父母的面孔，好像可以从中看出，他们是否还在盼望着儿子能捎个信回来。

他这样看着看着，很快就觉得自己实在累得支持不住了，难以熬过这不眠之夜。照片从他手里落到了桌上。然后，他把脸贴在照片上，一股清凉滋润着他的面颊，于是他怀着惬意的感受进入了梦乡。

清晨，他被腋窝里一阵刺痒弄醒了。这是那个法国人在有意捣蛋。但那个爱尔兰人也已站在卡尔的桌前。这两个人饶有兴趣地注视着卡尔，一点也不比卡尔昨夜面对他们时的神情有什么两样。卡尔并不奇怪他们起床时没将他吵醒。想必他们不是出于恶意才格外轻手轻脚，只是他睡得很沉罢了。再说他们穿衣，显然还有洗漱，都没费什么事。

于是，他们正经八百地相互问候，显得客客气气的样子。卡尔得知，这两个人都是钳工，在纽约好久找不到工作，因此几乎到了穷困潦倒的地步。为了证实他们的艰难困苦，罗宾逊解开自己的上衣，让卡尔看看里面连衬衫都没有，这当然也可以从那连在上衣后边的、松松垮垮的衣领上看得出来。他们打算步行去距纽约两天路程的小城市布特弗德。据说在那儿可以找到工作。他们不反对卡尔一起去，而且向他许了两个愿：第一，他们会时不时帮他提提箱子；第二，一旦他们自己找到了工作，就给他弄个学徒干。只要那里有事可做，一切都好办。还没等卡尔同意，他们已经友好地劝他脱下这身漂亮的衣服，说是无论他找什么工作，它都会碍事的。恰恰在这个客店里，就有把它脱手的好机会，那个女招待就是干服装交易的。卡尔一时还拿不定主意，他们见他犹犹豫豫的样子，便一起凑上前去，替他把衣服剥了下来，拿着就跑出去了。卡尔一个人被撇在屋里，依然有点睡意蒙眬。当他慢慢地穿起那件旧旅行装时，他暗暗责备自己不该卖掉那套衣服；它也许会影响到卡尔找一个学徒的差事，但在求一份更体面的工作时当会派上用场的。于是他拉开门要把那两个人叫回来，不料却跟他们正好撞了个满怀。他们把变卖来的半个美元扔到桌子上，露出一副眉开眼笑的样子。这让谁能相信他们在这桩买卖中不会捞到好处，而且是一大笔令人愤怒的好处呢？

　　卡尔还来不及说出自己对这事的看法，那个女招待就闯了进来，完全像昨晚那般睡眼惺忪的样子，急着要把这三个人都往过道上赶，说是必须收拾好房子给新来的客人住。要说她这样做纯粹出于恶意，当然也谈不上。正想去收拾箱子的卡尔不得不眼睁睁地看着那女人两手抓起他的东西，使劲地直往箱子里扔，好像那是些非要给整得乖乖不可的动物似的。这两个钳工虽然围着她转来转去，一会儿扯扯她的裙子，一会儿又拍拍她的背，但他们要是有心帮助卡尔的话，事情完全不至于弄到这等地步。这女人一合上箱子就把提手塞到卡尔手里，甩开两个钳工，赶着他们三个，并且威胁着说，如果他们不顺从的话，那就别指望喝上咖啡了。很明显，这女人肯定全忘了，卡尔从开始就跟这两个钳工不是一路人。她把他们当成是一伙的了。诚然，他们把卡尔的衣服卖给了她，这就表明了他们在某种程度上是一起的。

他们在过道上来来回回走了好久，尤其是那个法国人，他挽着卡尔的胳膊，嘴上叫骂个不停，扬言只要店主敢来冒犯，就把他打翻在地，让他尝尝拳头的厉害。看他一个劲摩拳擦掌的架势，好像随时准备好了要打架似的。终于，来了一个满脸稚气的矮个子年轻人。当他把咖啡壶递给那个法国人时，他不得不踮起脚尖。可惜只有一个壶，也没法让这小子明白还需要拿杯子来。这样只好一个喝着，其他两个站在他的面前眼巴巴地等着。卡尔一看就不想喝了，但又不愿意伤害他们，于是轮到他喝的时候，他便把咖啡壶放在嘴边，一口也不去喝。

爱尔兰人喝毕咖啡，将壶往石板地上一扔，权且当作辞行。他们神不知鬼不觉地离开了客店，踏进清晨那泛黄的浓雾里。一路上，他们默默不语，并排走在公路边上；卡尔自己还要提着箱子，看来不去求一求，他们是不会替他扛箱子的。浓雾中，不时地飞出一辆辆的汽车。一有超大型的车辆驶过，他们三个便不约而同地扭头去看；它们的式样是那样的引人注目，它们的闪现又是那样的短暂，连车里有没有坐人都来不及去留意。他们走了一阵子，路上开始出现往纽约运送食品的马车队，五辆一排，占满了整个路面，浩浩荡荡接连不断地驶过去，难得给人横穿马路的空儿。这条公路不时开阔得像一个广场，中央有一个岗楼似的高台，一个警察在上面走来走去，察看着四面八方的情况，用一根棒子井然有序地指挥着主干道上以及从支线汇流到这儿的交通车辆。然后，它们便不受监督地驶去，直到下一个十字广场和下一个警察，但那些默不作声全神贯注的车夫和司机却自觉自愿地维持着行车的秩序。最让卡尔感到惊奇的，是那无边无际的宁静。如果不是那无忧无虑的、供人屠宰的牲畜时而发出嘶叫声，也许能听到的只是马蹄的嗒嗒声和汽车防滑轮胎风驰电掣般的呼啸声。但车辆行驶的速度并不总是一成不变。当川流不息的车辆从横街上拥挤到某个十字广场上时，主道上的车辆就不得不大大地放慢速度，顿时排成一列列的长队，只能一步一步地爬行。可片刻间，又是一辆追着一辆风驰电掣般地穿过去,而转眼间又全部缓慢下来,就像共同受到一个制动器控制似的。无论车辆怎么行驶,公路上没有扬起一点儿灰尘,一切都在清新的空气里流动。路上见不到行人。这儿不像在卡尔的故乡,也看不到四处去赶集的单帮女商贩。然而,在不时开过去的一辆辆大平板汽车上,大都站着二十来个背着背篓的妇女。她们伸长脖子,注视着前面的交通,急切地盼望着快些赶路。这也许就是这儿的女商贩吧。同时,还可以看到在类似的汽车上,一个个男人手插在裤兜里荡来荡去,这些车上打着各式各样的广告。卡尔读着其中一辆车上的广告:"雅各布搬运公司招收码头工。"那辆车正好十分缓慢地行驶着,一个站在车脚踏板上的矮个子男人弯着身子,十分热心地邀请这三个流浪汉上车。卡尔立刻躲到钳工身后,好像舅舅就坐在这辆车上会看见他似的。他很高兴,这两个人也拒绝上车去,尽管他们扮出那副不屑一顾的傲慢神态多少使他心里不是滋味。他们绝对不要以为，他们有什么了不起，竟不屑去为舅舅干事。当然，他不会直截了当地把话明说出来，但立刻就暗示他们留个心。随之，德拉马舍叫他别在自己不懂的事上自以为是地瞎搅和，说这种招人的方式是坑害人的骗局，雅各布公司在整个合众国都臭名远扬了。卡尔没有答话，但他从现在起更多地靠向爱尔兰人，并请他帮着提一会儿箱子。在卡尔的再三请求下，他才勉强接过了手。他提着箱子，一个劲不停地抱怨着太重。醉翁之意不在酒，他一心想着减去箱子里那包在客店里准已让他垂涎三尺的香肠。卡尔只好打开箱子把香肠取出来。法国人随手接过香肠，用匕首似的刀子切开来，几乎只管往自己嘴里填。罗宾逊偶尔只能得到一片。而卡尔却一片也得不到，好像他预先已经吃过了自己那份。卡尔不愿意眼巴巴地看着人家将箱子扔在公路上，只好把它又提在手里。

讨一片香肠吃吧,他觉得太寒碜了;不理睬吧,他却怒火中烧。

浓雾渐渐消失了。远方,巍巍的群山闪烁着夺目的光彩,重峦起伏地蜿蜒到更远的霞雾之中。公路两侧,一座座熏得黑乎乎的大工厂矗立在空旷的原野上;一片片延伸到工厂四周的田野显得荒芜不堪;一幢幢毫无选择地建造在其间的简陋公寓显得零零散散,许许多多的窗户伴随着各种各样的运动和照射抖抖颤颤。只见在那狭小简易的凉台上,妇女和孩子在忙碌着什么。她们周围晾晒的床单衣物在晨风中飘动或者鼓得高高的。她们的身影时隐时现。目光从房屋移去,看见云雀在天空中高高飞翔,燕子擦着开车人的头顶掠过。

这许许多多的景象不禁使卡尔思念起了家乡。离开纽约去内地,他不知道这样做对不对。纽约濒临大海,什么时候想回家就可以走。于是他停住脚步,对着两个同伴说,他还是想留在纽约。德拉马舍敦促他继续赶路,他不但不听,还说他总归还有自己拿自己主意的权利吧。爱尔兰人不得不先调停说,布特弗德要比纽约美得多。卡尔执意不肯动,这两个人死死地缠着要他继续走下去。他暗暗告诉自己,到一个不那么容易有机会回故乡的地方去,这对他也许要好些。到了那里,他肯定会更好地工作,更快些上进,因为那里不会有让他想入非非的事儿妨碍他。要不是他给自己说了这番话,他依然不会迈步的。

于是,现在却成了卡尔牵着这两个人一起走。他们一见卡尔热情很高,简直喜出望外,不用他请便主动轮换着提箱子。卡尔心里很纳闷,他到底凭什么引起了他们这么大的兴致呢。他们来到了一块丘陵地。当他们不时地停住脚步回头望去时,纽约城和纽约港的全景越来越开阔地展现在他们的眼前。那座连接纽约和波士顿的大桥柔弱地挂在哈德孙河上。如果你眯起眼睛,便觉得它好像在颤动。桥上似乎没有车辆行驶,桥下绷着一条平静的水带。矗立在这两座巨大的城市里的一切都显得空虚和无用。那大大小小的房子几乎没有什么区别。在那看不见的街道深处,生活大概以自己的方式在继续着。但在它们的上方,能看到的不过是一层薄薄的烟雾,虽然漂浮在那里一动不动,但似乎可以轻而易举地驱散开来。甚至连那世界最大的港口里,宁静也降临了。人们只是偶然相信——准是同时想起了从近处观看港口时的情景——看见一条船缓缓地向前推进一段,但也不可能目送多久,它很快就逃出视野,再也找不见了。

然而,德拉马舍和罗宾逊显然看见的要多得多,他们一会儿指指左边,一会儿指指右边,挥舞着手臂指向一个个他们都叫得出名字的广场和公园。他们无法理解,卡尔在纽约呆了两个多月,居然除了一条街外,几乎没有到过任何别的地方。于是他们向卡尔许愿,等他们在布特弗德挣够了钱,就带他一起到纽约去,叫他看看所有值得一看的地方,特别是去尝尝那些极乐世界的滋味。紧接着,罗宾逊放开喉咙唱起一首歌,德拉马舍打着拍子。卡尔听得出,这是来自他故乡的一段轻歌剧曲子,现在听到有人用英文来唱这首曲子,他觉得比在家乡听到的时候动听多了。于是他们三人凑起了一台小合唱,只是下面那座据说借着这首曲子来享乐的城市似乎对此却一无所知。

有一次,卡尔问起雅各布搬运公司在什么地方,他们立刻不约而同地伸出食指指去,也许指向同一个地方,也许指向相当遥远的地方。然后,当他们继续走去时,卡尔又问,他们最快什么时候能挣够了钱回纽约。德拉马舍回答说,有一个月的时间就足够了,因为布特弗德缺少劳工,工钱又高。当然大家都要把钱存到一个共同的户头上,这样他们作为同事之间的收入差别就会得到均衡。卡尔当学徒自然比熟练工挣得少些,但他对这共同的户头并不感兴趣。另外罗宾逊还说道,如果在布特弗德找不到事干的话,他们也只好继续流浪下去,或者找个什么地方当农工,或者也许去加利福尼亚淘金。从罗宾逊津津有味的详细描述里看得出,淘金是他梦寐以求的计划。"你现在想去淘金,当初为什么当了钳工呢?"卡尔问道,很不情愿听他空谈这种不着边际、毫无把握的旅行。"我为什么当了钳工?"罗宾逊说,"不就是为了让我母亲的儿子讨一碗饭吃,还能因为别的什么呢? 淘金则可以赚大把大把的钱。""以前是这样。"德拉马舍说。"现在依然如此。"罗宾逊说,接着讲了许多靠淘金发了财的熟人,说他们还在那儿,当然用不着自己再去动手了。但看在老朋友的分上,他们会帮助他发财的,不用说也少不了帮他的同事。"到了布特弗德,我们好歹会争取到事干的。"德拉马舍这样说出了卡尔的心里话。但从他的谈吐里也让人看不到什么希望。

这一天，他们仅仅在一家客店里歇息了一次。在客店前的露天里，他们坐在一张卡尔觉得是铁制的桌子旁，吃着半生不熟的肉，刀叉已经派不上什么用场，只好用手撕着吃。桌上摆着一种圆筒形面包，每个面包上面都插着一把长刀子。配给这顿饭的是一种黑乎乎的饮料，喝在喉咙里火辣辣的。但德拉马舍和罗宾逊喝得很起劲，他们为着实现各种各样的愿望而频频举杯相碰，两个杯子在空中一阵一阵地碰来碰去。周围桌旁坐着身上溅满石灰浆的工人，个个都喝着同样的饮料。成群结队的汽车从旁边驶过去，扬起一团团的尘烟，弥漫到桌子的上空。大张的报纸传来传去，人们激烈地谈论着建筑工人的罢工，也不断地提到马克这个名字。卡尔凑上去询问了一下，知道那是他所熟悉的马克的父亲，是纽约最大的建筑企业主。

这次罢工使他遭到数百万的损失，或许还要威胁到他的经营地位。这流言蜚语出自一群道听途说幸灾乐祸的人之口，卡尔一句也不相信。

另外，这顿饭卡尔吃得没有一点味道，也是因为他揣摩不透这饭钱是怎么个付法。按道理当然应该是各付各的账，但不管是德拉马舍还是罗宾逊，他们都借着机会说，他们剩下的钱一分不留地交了昨晚的房费。在他们身上也看不到有手表、戒指或者其他可以变卖的东西。卡尔也不能当面说穿他们变卖他的衣服时捞了些钱，那样做他们脸面上会很难堪，因此也可能跟他们永远分手。但奇怪的是，他们俩非但对付账的事没有一丝一毫的忧虑，反而那样兴致勃勃，一个劲地试图跟那个女招待套近乎。女招待迈着沉重的步子，自鸣得意地在桌子间穿来穿去。她的头发从两侧蓬松地掠在额头和面颊上，她不时地用手插在下面把它拂回去。最后，当他们也许期待着听她说出第一句温情的话时，她走到桌前，双手放在上面问道："谁付账？"只见德拉马舍和罗宾逊一齐飞快地指向卡尔，简直快得出人意料。卡尔对此并不感到惊奇，他早就料到了。在他看来，同伴让他为几样小吃付账，这算不得什么大不了的事，况且他也希望从他们那儿得到好处。要是这事先说好了，不就做得更体面些吗？卡尔惟独感到为难的是，他得现从暗兜里掏出饭钱来。他本来打算，暂时先这样跟同伴凑合在一起就是了，不到万不得已，这钱是不能拿出来用的。他拥有这笔钱，首先是隐瞒着这笔钱，与同伴相比，他就赢得了优势。但这钱一亮出来，这种优势便会被抵消掉。这两个人从小就生活在美国，对谋生有足够的见识和经验，他们终归也不习惯过优于他们目前境况的生活。不管怎么说，卡尔先前因考虑到自己的钱所产生的这些打算不能受到这次付款的妨碍，他毕竟不会吝惜那二十五美分，干脆拿出来一枚二十五美分的硬币放到桌子上，说明这是他惟一的财产，决心奉献给他们共同前往布特弗德的旅程。这个数目完全足够应付这趟徒步旅行了。然而，他不知道自己是否有足够的零钱。再说这钱和折叠起来的纸币都深藏在暗兜里，如果把暗兜里的东西全倒在桌子上来找的话，倒也容易不过。可是，他完全没有必要让同伴知道这个暗兜。值得庆幸的是，此时此刻，这两个同伴依然对那个女招待很感兴趣，并不在意卡尔怎样来凑钱付账。德拉马舍借口买单，将女招待诱骗到自己和罗宾逊之间，两人死皮赖脸地跟她缠来磨去，女招待只好用手捂在这个或那个的脸上将他们一一推开。这期间，卡尔则心急火燎地在桌子底下凑着钱，他一只手在暗兜里不停地搜寻着，把一枚一枚的硬币掏出来凑在另一只手上。虽然他对美国钱还不怎么熟悉，但最后看硬币的数量，觉得至少凑起了足够的数目，便顺手把钱放到桌上。硬币的响声顿时打断了那戏谑的纠缠。然而，摆在桌上的硬币几乎是整整一块钱，这使卡尔十分懊恼，也使同伴们感到惊奇。拿这些钱足够舒舒服服地乘火车去布特弗德了。尽管没有人问起卡尔为什么先前一点也没提起过，他自己却陷入了尴尬的境地。付完饭费后，他慢腾腾地收拾起桌上的钱，德拉马舍趁机又从他手里拿走一枚硬币，要给女招待当小费。他搂住女招待，将她紧紧地抱在自己怀里，然后好从另一边把钱递给她。

他们又继续前进了。途中，德拉马舍和罗宾逊没有提起钱的事，卡尔因此打心里感激他们。一时间，他甚至想到把自己的全部财产统统告诉他们，然而他没有这样做，因为找不到合适的机会。傍晚，他们来到了一片土地肥沃的乡间。四周是一望无际的田野，连绵起伏的丘陵地上泛着初春的绿色。公路环绕着富贵的庄园。他们在那金色的花园栅栏之间行走了几个钟头，一次次穿过那条潺潺流水的小河，又一次次听见火车从头顶上方横空飞跨的高架桥上隆隆驶过。

太阳就要从远处森林那笔直的边缘上落下去。这时,他们来到一个山坡上,随身倒在一片小树林中的草丛里,想解一解这旅途的疲劳。德拉马舍和罗宾逊痛痛快快地伸开四肢躺在那里,卡尔则坐得直直的,俯视着那条从几米深的低处穿过的公路。像整个白天一样,公路上来来往往的汽车穿梭不停地行驶着,仿佛它们始终以严格的辆数被从一个远方发送出来,而在另一个远方又期待着同样的辆数到来。从一大早起,卡尔整个白天里没有看见一辆汽车停下,没有看见一个客人下车。

这时,罗宾逊提议今天就在这儿过夜,因为大家都够累的了,这样他们明天就可以早点上路。天黑之前,他们毕竟难以找到一家便宜而且顺道的客店过夜。德拉马舍表示同意,惟独卡尔觉得有责任表明,他有足够的钱,甚至可以管得起大家在饭店里过夜。德拉马舍说，这钱他们还会派上用场的，卡尔只管把钱保管好就行了。德拉马舍丝毫也不掩饰他已经在打卡尔的钱的主意了。罗宾逊看到自己的第一个建议被采纳，便继续解释道，为了让大家明天有气力赶路，他们今晚睡觉前可一定要饱餐一顿，而且得有个人去饭店里为大家把这顿饭买回来，就是公路边上离这儿最近的、上面打着"西方饭店"霓虹灯招牌的那一家。卡尔在他们中年龄最小，见没有人吭声，便毫不迟疑地接受了这个差事。他接到要买熏板肉、面包和啤酒的吩咐后，便朝着那家饭店走去。

这儿附近肯定有个大城市，因为卡尔一走进这家饭店的第一个厅，就发现里面熙熙攘攘挤满了人。便餐柜台顺着纵一道横两道的墙边排列着，许多齐胸系着白围裙的招待在柜台旁穿梭似的忙来忙去，依然不能使那些急不可待的客人满意。这儿或那儿的座位上不断地传来叫骂声和拳头捶击着桌子的响声。没有人留意卡尔。大厅里连个招待也没有,客人们坐在有三个人就挤得满满的小桌旁,自己到便餐柜台上取来喜欢吃的一切。每个小桌上都放着一个装着酱油、醋或者类似调料的大瓶子,用餐前,所有从柜台上取来的饭菜都一一地浇上瓶子里的东西。卡尔要买一大堆东西,如果他先要去便餐柜台跟前的话,势必会造成乱上加乱,而且必须从许多桌子之间挤过去,就是再小心翼翼,也免不了碰到其他客人。然而,这些客人像是麻木不仁地容忍着一切,即使卡尔有一次险些把桌子撞翻了,他们依然无动于衷。当然,卡尔同样是被一个客人挤得撞到那桌子上的。他虽然当即向在座的人表示道歉,但他们显然不明白他说了些什么。另外,别人冲他大喊些什么,他也一点都听不懂。

他好不容易才在便餐柜台跟前找到一个容身的位子,但邻座的客人将胳膊肘支在桌上,久久地挡住他的视线。在这里，似乎司空见惯的是，人们总爱把胳膊肘支在桌子上，把拳头顶在太阳穴上。卡尔不禁想起，他的拉丁语教授克鲁姆帕克博士恰恰非常讨厌这种行为；他总是悄然无声地突然走过去，出人意料地亮出直尺，狠狠地猛击一下，让胳膊肘老老实实地从桌上收回去。

卡尔被挤得紧贴在柜台边上站着，因为他刚一排上队，身后就又支起了一张桌子。卡尔跟人说话时身子向后一靠，坐在这桌旁的客人中就有一位用大礼帽顶一顶他的背。此时此刻，他几乎没有可能从招待手里得到吃的，甚至在邻座那两个大腹便便的人心满意足地离去后，也不会有什么指望。好几次，卡尔从桌上伸过手去抓住招待的围裙，可人家一次又一次地板着难堪的脸甩脱了。一个招待也拦不住；他们一个劲地跑来跑去。要是在卡尔周围至少有什么合适的饭菜和饮料的话，他会毫不犹豫地拿起来，问好价格付上钱，然后高高兴兴地走开。然而，偏偏摆在他面前的只有一盘盘的鱼，像是鲱鱼，那黑色的鳞皮边上闪现出金黄色的光芒。这鱼可能非常贵，或许让谁都填不饱肚子。另外，装在小瓶里的朗姆酒也是唾手可得，但他不想给自己的同伴带这种酒去，反正他们从来不会放过任何一个酗酒的机会，卡尔不愿纵容他们那样做。

这样，卡尔没了法子，只好另去找个位子，辛辛苦苦地又得从头开始。但眼下已经失去了好多时间。透过烟雾缭绕的大厅，卡尔定睛看去，正好还看得出来，挂在那头的大钟指针已经过了九点。但无论去柜台哪个地方，都要比先前那个稍微偏僻的位置更为拥挤。而且时间越晚，大厅里的人就越多，新来的客人络绎不绝地穿过正门走了进来，大声地打着招呼。有的客人蛮横地掀去柜台上的东西，抬腿就坐到台面上，随之相互对饮起来。那可是眼观六路的好位子。

卡尔虽然还一个劲地挤来挤去,但他真的不再抱希望会得到什么。他暗暗责怪自己,本来就不了解这儿的情况,为什么自找着揽这差事呢。他的同事完全有理由叱责他,甚至心里还会想着,他什么都没有买回来,不过是为了省钱罢了。这时,他挤到了一个地方,四周的桌旁,客人们都在吃着热气腾腾的肉和令人垂涎的黄澄澄的土豆。卡尔弄不明白,这帮人是怎样搞到这些饭菜的。

这时,他看见前面几步远的地方站着一个年龄较大的妇人。她显然是饭店的人员。她正在笑嘻嘻地跟一个客人谈话,一边谈着话,一边不停地用一个发卡收拾着她的发式。卡尔当机立断,要请这位妇人来订餐。对他来说,在这一片闹哄哄的你追我逐中,作为大厅里惟一的女性,她是个例外。再说更简单的原因是,她也是这里惟一可找得上的饭店职员。当然也就是说,她可不要当卡尔一跟她说话时又忙忙碌碌地跑开。但事情完全出乎意料,卡尔还根本没有同她去搭话,只是眼神稍稍地留了留意,她就像人们有时在谈话中那样左看看右看看,当她朝着卡尔望去时,马上中断了她的谈话,操着十分得体晓畅的英语,热情地问他是不是有什么事。"当然啰!"卡尔说,"我在这儿简直什么都买不到。""那你跟我来吧,小伙子。"她说,随之告别了她的熟人。那人摘下头上的礼帽致意。他的客套在这个地方显得不入情理。她抓起卡尔的手走到柜台跟前,顺手把一位客人推向一旁,掀开柜台上的活动门,拉着卡尔避开来回奔跑的招待,穿过柜台后面的过道,打开一道两面裱糊似墙的门,便来到了大冷藏室里。"看来不熟悉这套程序是不行的。"卡尔自言自语地说。

"好吧,你现在说说你想要什么?"她一边问,一边殷勤地向他躬了躬身。她身躯肥胖,摇摇晃晃的,但长着一副近乎娇嫩的脸。这当然是相对而言了。卡尔眼看着这许多整整齐齐堆放在柜架和桌上的食物,便试图订出一份美味可口的晚餐来。尤其是因为他可以期待着得到这位富有影响的妇人的优待。可他一下子却想不出什么合适的东西来,最后只好又要了熏板肉、面包和啤酒。"再不要别的东西?"这妇人问。"谢谢,不要了。"卡尔回答说,"但要订三份。"这妇人又问起另外两个同伴的情况,卡尔三言两语地说了说,他也很乐意回答人家随随便便的询问。

"但这些东西是供给囚犯的。"妇人说,显然在期待着卡尔继续提出要求。这时卡尔担心,她有意要惠顾他,不收钱,因此默不作声。"你所要的东西我马上就会弄好。"妇人说着迈开令人惊叹的灵活步子,拖着那肥胖的躯体走到一张桌子跟前,用一把又长又薄的锯齿刀切下一大块肥瘦相间的熏板肉,从柜架上取来一个圆面包，又从地板上拿起三瓶啤酒，然后把这些东西装到一只轻巧的草篮里递给了卡尔。其间，她向卡尔解释说，她之所以把他领到这儿来，是因为外面柜台上的食物熏在烟雾和各种气味里，虽然卖得很快，但毕竟不新鲜了。可对外面那帮人来说，一切都够好了。卡尔再也不吭一声。他心里很纳闷，自己凭什么受到这样的厚待呢？他想到自己的伙伴，尽管他们对美国了如指掌，可他们未必会进入这些储藏室，能吃到柜台上那些不干不净的东西也就心满意足了。在这里面，听不到大厅里的喧闹声，隔墙肯定很厚实，使储藏室里始终保持着足够的低温。卡尔将草篮拎在手上好一阵子，可他没有想到要付钱，一动不动地愣在那儿。当这妇人还要把一个像摆在外面桌子上一样的调料瓶放进草篮时，他才战战兢兢地连声道谢。

"你还要走好远吗？"妇人问道。"到布特弗德去。"卡尔回答说。"那还远着呢！"妇人说。

"还有一天的路程。"卡尔说。"再不往前走了？"妇人问。"噢，不走了。"卡尔说。

这妇人整了整桌上的几样东西。这时一个招待走了进来，四下看了看，寻找着什么东西。妇人指给他一个大碗，里面满满地盛着撒有香菜的沙丁鱼。那招待员随手捧起这个碗出了储藏室，走进大厅。

"你究竟为什么要在露天过夜呢？"妇人问，"我们这儿有的是地方。你来我们饭店里住吧。"这对卡尔来说是盼之不得的，特别是因为昨晚简直太难熬了。"我的行李在外面。"卡尔犹豫地说，并且完全放不下面子来。"你只管把行李拿来就是了。"妇人说，"这又不是什么大不了的事。""可我还有同伴呢！"卡尔说，立刻意识到他们无疑会添麻烦的。"你的同伴当然也可以在这儿过夜，"妇人说，"您只管来吧，别再叫人请来请去的。""再说我的同伴也是安分守己的人。"卡尔说，"但他们太不讲究了。""难道你没看见大厅里那乌七八糟的样子吗?"她边问边做出一副怪模怪样的脸,"说真的,什么不三不四的人都可以来我们这里。我马上就让人准备三张床。当然只能住在阁楼上了,饭店的客房已经住得满满的,我也搬到了阁楼上。但不管怎么说,总归比住在露天强多了。""我不能把我的同伴一起带来。"卡尔说。他想象得到,那两个家伙保不准会在这个颇有档次的饭店走廊里闹出什么名堂来。罗宾逊可能会弄得四处肮脏不堪,德拉马舍少不了要调戏这妇人。"我就弄不明白,为什么不行呢,"妇人说,"如果你愿意那样的话,那你干脆自个儿来好了,让你的同伴留在外面。""这不行,我哪能这么干呢?"卡尔说,"那是我的同伴,我必须和他们在一起。""你太固执了。"妇人说着目光移开了他,"人家对你是一片好意,很想帮助你,你却一点儿也不领情。"卡尔领悟到了这一切,但不知如何是好,因此只是一个劲地说:"非常感谢你的一片盛情。"这时他想起还没付钱,赶忙问她一共多少钱。"等你把草篮子送回来时再付钱吧。"妇人说,"最迟明天一早我就要用它。""好吧!"卡尔说。然后,她打开一扇直接通向外面的门。当卡尔躬了躬身走出屋时,她又说道:"晚安。但你这样做有失常理。"他已经走出几步远了,她还在身后向他大声喊道:"明天见!"

卡尔刚一到外面,又听见从大厅里传来了那丝毫也没减弱的喧闹声,而且现在夹杂进了管乐队的吹奏声。他很高兴自己不用穿过大厅走出来。这时,整个饭店的五层楼灯火通明,把前面的马路照得一片雪亮。马路上,汽车依然在奔驰,虽说不是一辆接着一辆,却比白天从远方来得更快。车灯的白色光柱扫视着路面,突然同饭店的灯光交织在一起,黯然失色,然后又亮闪闪地奔向那遥远的黑暗中。

卡尔回到同伴身边时,他们已经沉浸在梦乡里。他确实离开得太久了。他从篮子里取出纸铺开,想把买来的食物整整齐齐地摊放在纸上,等一切都准备好了再把同伴唤醒。但就在这时,他吃惊地发现自己走时锁得好好的,而且钥匙带在身上的箱子大开着,半箱子东西散落在周围的草地上。"起来!"他大声喊道,"你们睡觉时有小偷来过了。""少了什么东西吗?"德拉马舍问道。罗宾逊还没有完全清醒过来,顺手就拿起啤酒。"我不知道,"卡尔喊道,"但箱子大开着。你们只顾躺下睡大觉,谁也不管箱子,简直太不像话了。"德拉马舍和罗宾逊咯咯地笑了起来。前者说:"正好省得你下一次再去这么长时间。饭店离这儿仅有十来步远,而你一去就是三个钟头。我们饿了,想着你的箱子里可能会有什么吃的,就捣鼓了一阵锁,终于将它打开了。再说里面根本没有什么吃的。你再把这一切好好装进去就是了。""原来是这样。"卡尔说。他呆呆地望着那抢得一干二净的篮子,听着罗宾逊喝酒时发出的奇怪的响声:他先是把酒深深地灌到喉咙口，再让酒咕咚咚地快速翻上来，然后才一大口咽下去。"你们吃完了没有？"当他们歇息下来时卡尔问道。"难道你在饭店里没吃吗？"德拉马舍问，以为卡尔在要求他自己的那份食物。"如果你们还要吃的话，那就快点。"卡尔说着走到箱子跟前。"他好像生气了。"德拉马舍对罗宾逊说。"我没生气，"卡尔说，"可话说回来，你们背着我，撬开我的箱子，把我的东西翻出来，这合适吗？我知道，和同伴相处，有些事是得宽容，我也有这样的思想准备，但你们这样做未免太过分了。我要在饭店里过夜，不去布特弗德了。你们快吃吧，我得把篮子还回去。""罗宾逊，你看看，人家说得多好听。"德拉马舍说，"可以说是能说会道。他不愧是个德国人。你当初就警告我提防着他，可我真是个大傻瓜，让他跟我们一起走。我们没有拿他当外人看，拖着他走了一整天，至少浪费了我们半天的时间。可现在，饭店那儿有人引诱他,他就要和我们分手了,就这样随随便便地要走开了。不过,他是个虚伪的德国人,不会光明正大地去干这些,而是拿箱子的事来为自己寻找借口;又因为他是个无礼的德国人,他不侮辱我们的尊严,不说我们是小偷,也是不会走开的。我们拿他的箱子不过是开个小小的玩笑而已。"卡尔收拾着自己的东西,身子转也不转地说:"你只管这样说下去,也好让我走得轻松些。我十分清楚什么叫做友谊。我在欧洲也有朋友,但没有一个人会指责我对他虚伪或卑鄙。我们现在当然没有什么联系,可是,如果我有一天再回到欧洲的话,他们都会热情地接待我,而且会立刻把我当作他们的朋友。而你呢,德拉马舍,还有你,罗宾逊,难道说我背叛了你们不成?我永远不会否认,你们的确是那样热情地关心过我,答应给我在布特弗德找个当学徒的差事。但事情并非如此。你们一无所有,这在我的眼里丝毫也不会降低你们的身份，但你们嫉妒我那点微不足道的财产，因而千方百计地侮辱我，这叫我忍无可忍。现在，你们撬开了我的箱子，非但没有说一句道歉的话，反而还辱骂我，辱骂我的民族。你们这样做，无非是夺走了任何跟你们呆在一起的可能。顺便提一下，罗宾逊，这一切原本不是冲着你说的。要说你的性格吧，我只是看不惯你太依赖于德拉马舍了。""这里我们都看见了。"德拉马舍说着走到卡尔跟前，轻轻地推了他一下，好像要提醒他注意。"这里我们都看见了，你不是原形毕露了吗？你一整天都跟着走在我后面，拉着我的上衣，学着我的一举一动，像只小老鼠一样不声不响。可现在，你在饭店里找到了什么靠山，就开始说起大话来。你这个小滑头，我还不知道，我们会不会就这样不动声色地容忍了你的所作所为。你整天跟着我们看样学样，我们还考虑要不要收你的学费呢。你听听，罗宾逊，他说我们嫉妒他的财产。在布特弗德干一天,我们挣的钱就会比你让我们看到的多十倍,比你可能还藏在上衣兜里的多十倍,更不用说在加利福尼亚了。哼,别再这么信口雌黄啦!"卡尔从箱子旁边站起身来,也看着那个迷迷瞪瞪的,但借着啤酒劲才打起精神的罗宾逊走过来。"要是我还一直呆在这里的话,"卡尔说,"说不定我还会经受许许多多意料不到的事。看来你要拉开架势狠狠地揍我一顿。""一切忍耐都是有限度的。"罗宾逊说。"罗宾逊,你最好闭上嘴。"卡尔说,目光一刻也不离开德拉马舍。"你无疑打心底里觉得我是对的,但你嘴上又不得不跟德拉马舍一唱一和。""你也许想拉拢他吧?"德拉马舍问道。"我可没这样想过,"卡尔说,"我很高兴要离开这儿,我不想跟你们任何一个人再有什么干系。不过有一件事我还要说说,你们指责我有钱,藏着没有告诉你们,即使这是真的,那也没有什么好指责的,难道说我面对几个钟头前才认识的人不该这样做吗？你们现在的行为不就证实了我的行为方式是无可指责的吗？""别激动。"德拉马舍对罗宾逊说，尽管这家伙显得无动于衷的样子。然后，他问卡尔："既然你是如此极端的坦诚，那你不妨把这种坦诚继续保持下去吧。我们现在这样痛痛快快地聚在一起，你老老实实地说说你究竟为什么要到饭店去。"德拉马舍一步一步地逼近卡尔，卡尔不得不跨过箱子退后一步。然而，德拉马舍一步也不让，他把箱子踢向一旁，又向前逼近一步，一只脚踩到散落在草地上的一件白色的假衬衫上，嘴里不断重复着他的问话。

这时候，有人打着强烈的手电筒从马路那边朝他们走上来，就像是来回答问话似的。来人是饭店里的招待。他一看见卡尔就说："我找你快半个钟头了，马路两旁的斜坡上都找遍了。厨房总管让我告诉你，她借给你的那个篮子现在等着急用。""篮子在这儿。"卡尔说，激动得声音都变了。德拉马舍和罗宾逊装出一副谦恭的样子退到一边,这是他们在有钱有势的陌生人面前一贯玩弄的伎俩。招待拎起篮子说:"厨房总管还让问问你考虑好了没有,要不要在饭店里过夜。如果你愿意带着他们的话,也欢迎另外两位先生一道去。床已经准备好了。今天夜里是挺暖和的,但要是在这山坡上过夜,绝对不是没有危险的,这儿经常有蛇。""看在厨房总管如此热心的情分上,我还是接受她的邀请为好。"卡尔说完这句话,便等待着他的同伴的反应。然而,罗宾逊直愣愣地站在那儿,德拉马舍两手插在裤兜里仰望着星空。两人显然自以为卡尔准会带着他们一块去。"你答应去了,"招待说,"那我就奉命把你领到饭店去,帮你扛上行李。""你再稍等一会儿吧。"卡尔说着便俯下身去,把几样散落在地上的东西收进箱子里。

突然间,他挺起身来。那张照片没有了,

它本来放在箱子的最上边,现在哪儿也找不到。别的东西全都在,就少了那张照片。"我找不到那张照片了。"他恳求着对德拉马舍说。"一张什么样的照片?"他问道。"我父母的照片。"卡尔回答说。"我们没有看见照片。"德拉马舍说。"里面就没见照片,罗斯曼先生。"罗宾逊也插话予以证实。"但这是不可能的。"卡尔说,那求助的目光把招待引到了跟前,"照片就放在最上面,现在却不翼而飞了。要是你们不拿我的箱子开这个玩笑,哪里会有这回事呢?""任何疏忽都是绝对不可能的。"德拉马舍说,"箱子里根本没有什么照片。""对我来说,那张照片比我箱子里所有的东西都重要。"卡尔对在四处寻找的招待说,"这是独一无二的一张,我不会再有第二张的。"当招待停止了无望的寻找时,他还在说:"这是我带在身边的惟一一张父母的照片。"看到这情形,招待毫不掩饰地大声说:"也许我们还可以搜查一下这两位先生的衣兜。""对,"卡尔立刻说道,"我一定要找到这张照片。但在搜查衣兜之前,我再说一句,谁向我主动交出照片,箱子连同里面所有的东西就归谁。"过了一会儿,卡尔见没人吭声,便对招待说:"看来我的这两位同伴显然愿意让人搜查衣兜。不过就是现在,我依然保证,从谁的衣兜里找出照片,整个箱子照样归谁。再多我就无能为力了。"招待立刻准备要搜查德拉马舍,把罗宾逊留给了卡尔,他觉得前者比后者难对付。他提醒卡尔,对这两个一定要同时动手搜查,要不然他们之中就会有人趁你不注意把照片藏起来。卡尔的手一伸进罗宾逊的衣兜里就摸着了一条属于自己的领带,但他没有拿走,而是对招待大声喊道:"无论你在德拉马舍身上找到什么别的东西,统统都留给他吧。我什么都不要了,只要照片。"在检查胸间的衣兜时,卡尔的手触到了罗宾逊那热乎乎的肥胸膛。这时他突然意识到,他这样对待自己的同伴也许太不公正了,于是他尽可能匆匆地了事。再说一切都是徒劳的,不管是在罗宾逊还是在德拉马舍身上都没见照片的影子。

"什么用也没有。"招待说。"他们说不准把照片撕成碎片扔掉了,"卡尔说,"我心想他们是我的朋友,可他们却暗地里一个心眼要伤害我。其实不会是罗宾逊干的,他压根儿就想不到这照片对我是如此的重要,多半是德拉马舍捣的鬼。"卡尔只是看着面前的招待,他打着手电筒照了一个小小的圆圈,而其他一切,也包括德拉马舍和罗宾逊都被吞没在深沉的黑暗里。

既然到了这般地步,卡尔当然不再可能把这两个人一起带到饭店去。招待把箱子扛在肩上,卡尔提起篮子,他们一块走下去了。卡尔已经到了马路上,这时他打断了自己的沉思停住步子,朝着那黑暗喊上去:"你们好好听着!要是你们俩有谁真的还拿着那张照片,而且愿意给我送到饭店里来的话,箱子依然归他,我也保证不去告发。"从斜坡上没有传来真正的回答，只听见一个断断续续的声音，是罗宾逊开始发出的呼叫声，但显然立刻被德拉马舍堵住了嘴巴。卡尔又等了好一阵子，看他们到底还会不会做出别的决定来。有两次，他一字一字地喊去："我依然等在这里。"然而没有听见任何回声，惟有一块石头从坡上滚了下来，也许是偶然的，也许是没有打中目标。

五　在西方饭店里

Franz Kafka
Das erzählerische Werk

Der Verschollene

到了饭店，卡尔立刻被领进一间办公用的房间里，只见厨房总管手里拿着一个记事本，正在口授，让一位年轻的女打字员打一封信。一个在极其精确地口授着，一个在娴熟自如地敲打着字键，这声音赛过了挂钟时而可闻的滴答声。挂钟快指向十一点半了。"好啦！"厨房总管说着合上了手里的记事本，女打字员顿时跳了起来，把木盖罩到打字机上。她做这习惯性的动作时，目光并未移开卡尔。看样子她好像还是个中学生。她身上的衣裙熨得十分讲究，两肩上还打着波浪式的皱褶，头上留着短发。留意这一个个细节，再看看她那庄重严肃的面孔，不禁使人感到有几分惊讶。她先向厨房总管，然后又向卡尔躬了躬身便离去了。卡尔不由自主地用询问的目光望着厨房总管。

"你到底还是来了，这太好了。"厨房总管

说,"你的同伴呢?""我没带他们来。"卡尔说。"他们可能一大早就要上路。"厨房总管说,像是给自己解释这事似的。"难道她就不会想到我也一起去上路吗?"卡尔暗暗自问。为了排除疑虑,他说:"我们闹翻了,现在各走各的路。"厨房总管似乎认为这是件令人高兴的事。"这么说你自由了?"她问道。"是的,我自由了。"卡尔说,他觉得没有什么比这种自由更一文不值了。"你听着,你愿不愿意在这饭店里干事呢?"厨房总管问。"非常愿意,"卡尔回答说,"可我简直对什么都一窍不通,比如说我连打字机也不会用。""这没有什么关系,"厨房总管说,"你现在暂且只能从小差干起,然后要争取靠勤奋和精心一步一步地向上走。但无论怎么说,我觉得,对你来说,找个地方落脚总比你这样四处流浪要强些,要合适些。我看你也不是那号子人。""这一切不也是舅舅盼之不得的吗?"卡尔自言自语地说,点头表示赞同。这时他才想起来,人家这样关心他,可他压根儿还没有自我介绍一下。"对不起,"他说,"我压根儿还没有做自我介绍,我叫卡尔·罗斯曼。""你是德国人,对吗?""是的,"卡尔说,"我才到美国不久。""你是从哪儿来的?""波希米亚的布拉格。"卡尔说。"你看看,"厨房总管一面操着英语腔很重的德语喊道,一面几乎举起手臂来,"那我们可是同乡了。我叫格莱特·米策巴哈,维也纳人。我对布拉格简直了如指掌。我在文策尔广场的金鹅饭店里打过半年工。你想想看!""那是什么时候的事?"卡尔问。"已经是好多好多年前了。""老金鹅饭店,"卡尔说,"两年前已经拆掉了。""是的,不用说也知道了。"厨房总管说着完全沉浸在对当年的回忆之中。

然而,她一下子又活跃起来,拉住卡尔的手喊道:"现在,既然你是我的同乡,那你无论如何都不要离开这儿。你可别干这叫我伤心的事。比如说你有兴趣当电梯工吗? 只要你说声

'有',那你就是电梯工了。如果您四处去看一看的话,就会知道,要得到这样的差事可不是特别容易的事。你可以想到,这样的差事是再好不过的开端。您一天到晚跟所有的客人打交道,谁都看得见你,托你办点小事。一句话,你天天都有可能得到越来越多的好处。至于其他事情,全包在我身上了。""我很乐意当电梯工。"卡尔踌躇片刻后说。与其说他只上过五年中学,对当个电梯工还踌躇不决,似乎太荒唐了,倒不如说他在美国更有理由为这不足挂齿的五年中学学历而感到羞愧。再说卡尔总觉得那些开电梯的小伙子讨人喜欢。在他的眼里,他们就像是饭店的门面。"这工作对语言有没有什么要求呢?"他又问道。"你能讲德语,英语也很好,这就足够了。""我的英语是到美国这两个半月里才学的。"卡尔说,觉得不能埋没自己这惟一的长处。"这对你已经足够用了,"厨房总管说,"我简直不敢回想,当初讲不好英语有多困难。

当然这已经是三十年前的事了。我昨天还刚刚提到过这事呢。昨天正好是我五十岁生日。"说毕她微笑着试图从卡尔的表情里看出这般年龄的尊严会对他产生什么样的印象。"那我祝你好福气了!"卡尔说。"好福气人人总归都需要的。"她说着握住卡尔的手,接着又为自己讲德语时想起家乡这句古老的俗语而半带感伤。

"我在这儿就跟你扯个没完没了,"她然后大声说,"你现在一定很累了,我们来日有的是机会,可以更加痛痛快快地聊个够。在这儿遇上同乡,我高兴得简直什么都忘了。来吧,我这就带你去房间休息。""总管夫人,我还有个请求。"卡尔看到放在桌上的电话机时说,"明天,或许是一大早,我先前的同伴可能会给我送一张我急需的照片来。你待我这么热情,就劳驾你给门房打个电话,要么他让人来我这儿,要么我自己去取。""好吧,"厨房总管说,"如果让他代你收下照片,行吗?你要不介意的话,我想问问是张什么样的照片？""那是我父母的照片。"卡尔说，"不，我得自己跟他们交涉。"厨房总管没再说什么，随手打电话给门房做了相应的吩咐，然后告诉卡尔住536号房间。

之后，他们穿过一道对着入口的门，来到一个小过道里。只见那儿有一个开电梯的小伙子倚在电梯栏杆旁睡着了。"我们可以自己来开。"厨房总管一边小声说，一边让卡尔走进电梯。"一干就是十到十二个钟头，对于一个小伙子来说是长了些。"当电梯慢慢上升时，她接着说，"可这在美国是特有的现象。比如说这个小伙子吧，他也是半年前随父母一道来这儿的，是意大利人。现在看上去，他好像无法胜任这份工作，脸也变得干瘪了，上班时打瞌睡，尽管他天生很勤快。但他只要在这儿或者美国别的什么地方干下去，出不了半年，便会轻轻松松地胜任一切。五年以后，他就会变成一个身强力壮的男子汉。像这样的例子我就是给你说上几个钟头也说不完。我这样说根本没有把你等同看待,因为你是个强壮的小伙子。你十七岁了,不是吗?""我下个月满十六岁。"卡尔回答说。"还不到十六岁!"厨房总管说,"那么只要有勇气就行!"

到了楼上,她把卡尔领进一间屋里。这虽说是间有一道斜壁的阁楼,但两只白炽灯把整个屋子照得亮堂堂的,显得十分舒适。"你对这屋里的陈设可千万别见怪。"厨房总管说,"也就是说,这不是饭店客房,而是我住的套房里的一间。我住的是三间一套,因此你一点也不会打扰我。我一关上这道隔门,你就可以自由自在地去歇息。明天你就成了饭店的新职工,当然会得到自己的小房间。要是您的同伴也一道来了的话,那我就让人在饭店工役的集体宿舍里给你们加床位。可现在就你一个,我心想,虽说要委屈你睡在沙发上,但这儿会更合适你。现在你就睡吧,明天一上班就精精神神的样子。明天还不会太辛苦的。""多谢你的热情关照。""等一等,"她停在门口说,"要不你过会儿会被吵醒的。"说毕,她朝着房间的侧门走去,边敲门边叫道:"特蕾泽!""听见了,总管夫人。"里面传来那位小打字员的声音。"你一大早来叫醒我时,要走过道来。这间屋子里睡了一个客人,他累极了。"她说这话时朝卡尔笑了笑。"你明白了吗?""明白了,总管夫人。""那好吧,晚安!""晚安!"

"也就是说,"厨房总管解释道,"几年来,我总是睡不好觉。现在我对自己这个位子可以说心满意足了,真的不必有什么忧愁了。不过这肯定是我以前的忧愁所留下的后果,落下了这失眠症。如果我夜间三点能够入睡的话,那就谢天谢地了。因为我五点,最迟五点半又去上班,只好让人来叫醒我,而且要格外的小心谨慎,免得使已经烦躁不安的我再雪上加霜。于是我就让特蕾泽来叫醒我。现在你可是什么都知道了，而我还根本没有走开。晚安！"尽管她拖着沉重的躯体，却几乎飘飘然地走出了房间。

卡尔高兴地盼来了可以睡觉的时刻，他这一天给折腾得够呛了。他不敢奢望会有比这更舒适的环境让他不受干扰地美美睡一觉。这房间不是做卧室用的。它早先是间厅房，或者更确切地说是厨房总管应酬用的接待室。为了他，今晚特地搬来了一张洗漱台。尽管这样，卡尔并没有觉得自己是个不速之客，而只是越发觉得自己受到了无微不至的关照。箱子安然地放在这儿。肯定好久没有比这样放着更安全了。屋里一个带着滑门的矮柜子上罩着一块大网眼的毛织品，矮柜子上的玻璃镜框里夹着各种各样的照片。卡尔在察看这间屋子时停在那里端详着照片。照片几乎全是旧的，大部分是姑娘的留影。她们衣着不合时宜，土里土气的样子，头上顶着高高的小礼帽，右手拿着一把伞，面向着这个看照片的人，目光却回避开他。在男人的照片里，尤其是一位年轻士兵的照片引起了卡尔的注意。这位士兵把军帽放在一张小桌上，披着一头蓬乱的黑发，直挺挺地站在那儿，满面带着自豪而克制的笑容。照片上，金黄色的制服扣子是后来才着上去的颜色。所有这些照片可能还是在欧洲照的，这或许在照片背面会看得一清二楚，但卡尔不想去动它们。他盘算着也要把父母的那张照片像这些照片一样放在自己未来的房间里。

卡尔痛痛快快地洗了个澡。由于旁屋住着一个女人，他洗澡时尽量轻手轻脚。洗完澡，他刚躺到长沙发上舒展开四肢，准备享受梦乡的快乐时，突然似乎听到哪儿传来隐隐约约的敲门声，但一时却弄不准敲的是哪一扇门，也许不过是一个偶然的响声而已。过了一会儿，当卡尔快要睡着时，敲门声又响起来了。这次不会再听错的，确实有人在敲门，响声来自女打字员的那扇门。卡尔踮起脚尖跑到门前低声问道:"你有什么事吗?"他的声音是那样的低,即便是旁边有人在睡觉,也不会给吵醒的。门那边立刻有人同样低声答话:"你不愿意打开门? 钥匙就插在你那边。""请等一等,"卡尔说,"我得先去穿好衣服。"过了一会儿,那边又开口说:"这大可不必。你打开门锁就躺到床上去,我待会儿再进去。""好吧。"卡尔说,照着去做了,并拉亮了灯。"我已经躺下了。"他接着稍稍抬高嗓门说。这时,小打字员从她那黑洞洞的屋里走出来,完像在楼下办公室里那样一副装扮。她这阵子可能就没有想过去睡觉。

"真对不起,"她说着稍稍弯下身子站在卡尔床前,"请你别说出去,我也不想打扰你多长时间,知道您困极了。""还不至于这么严重,"卡尔说,"但让我穿上衣服也许要好些。"他不得不直挺挺地躺在那儿,以便能把被子齐脖子盖上,因为他没有睡衣。"我只呆一会儿,"她说着伸手抓来一把椅子,"我可以坐到沙发跟前吗?"卡尔点点头。于是她紧靠着沙发坐下来,弄得卡尔不得不挪向墙边,好使自己能够仰面望见她。她长着一张匀称的圆脸,惟独额头显得异常的高,不过这可能只是因为发型不太相称的缘故。她穿着十分整洁,左手攥着一块手帕。

"你要长期呆在这儿吗?"她问道。"还说不准,"卡尔回答说,"不过我想,我会留下来的。""这太好了,"她说着用手帕掠过自己的脸,"我在这儿太孤独了。""这可叫我感到奇怪了,"卡尔说,"总管夫人不是待你很热情吗?她根本不拿你当职员看。我还心想着你们是亲戚呢。""噢,不是,"她说,"我叫特蕾泽·贝希托尔德,是波莫瑞人。"卡尔也自我介绍了一番。随之,她第一次把目光完全投向了他,仿佛他说出名字后变得有点陌生了。片刻间,他们谁也不吭一声。然后她说:"你可别以为我是个忘恩负义的人。要是没有总管夫人,我的境况就会糟糕透顶。我以前在这饭店的厨房里干勤杂，险些都给解雇了，因为我干不了重活。这里的要求可高了。一个月前，有个厨房女工就是由于劳累过度昏倒了，在医院里住了两个星期。我的身体不怎么壮实，我以前经受过许许多多的磨难，因此影响了发育。你可能根本不会认为我已经十八岁了。不过，我的身体现在变得越来越结实了。""说实在的，这里的工作肯定是非常辛苦的。"卡尔说，"我刚才在楼下就看见一个开电梯的小伙子站着睡着了。""要说起来，电梯工的境况还算是最好的，"她说，"他们能挣到一笔可观的小费，而且远远不会像在厨房里干活的人那样受煎熬。可我真的是偶然走了好运。有一次，总管夫人需要一个姑娘为宴会准备餐巾，就来找我们这些厨房女工。这里有近五十个姑娘，我正好干得十分麻利，让她非常满意，因为折餐巾向来是我的拿手活儿。打那以后，她就把我留在了身边，并慢慢地教我当了她的秘书。跟着她，我学会了许多东西。""这儿真有那么多东西要打吗？"卡尔问道。"啊哈，可多啦，"她回答说，"这可能是你根本想象不到的。不过你也看到了，我今天一直干到十一点半。可这还算不上特别忙。当然，我不单是打字，而且还要去城里办各种各样的事。""这座城市叫什么名字？"卡尔问道。"你连这都不知道？"她说，"叫拉姆西斯。""是个大城市吗？"卡尔问。"很大，"她答道，"我就不喜欢去城里。不过我要问一声，你现在真的还不困吗？""不，还不困，"卡尔说，"我还根本不知道你为什么过来呢。""因为我没有个说话的人。我不是一个多愁善感的人，可是，如果真的没有人陪着你，而最终能有人听你说话，那也是很幸福的。我在楼下大厅里已经看见了你，我正要去叫总管夫人时，她领着你进了食品储藏室。""那是一个令人生畏的大厅。"卡尔说。"我已经完全不再有这种感觉了。"她答道，"但我只想告诉你，总管夫人待我一往情深，惟有我那已故的母亲会像她这样。但我们在地位上的差别太大了，我不可能同她自由自在地说话。从前，在那些厨房女工当中，我交了很多朋友，但她们早已不在这儿了。新来的姑娘我几乎一个也不认识。有时我难免会觉得，我现在的工作比以前那个更让人觉得吃力，而我也根本不会把它做得比那个好。总管夫人之所以把我留在这个位子上，无非是出于同情罢了。说实在的，要当秘书，毕竟得受过较好的学校教育。说这些话是一种造孽，但我常常担心自己会发疯的。千万千万！"她突然说得非常快，急匆匆地抓住卡尔的肩膀，因为他把手盖在被窝里，"你可别把我的话告诉总管夫人，不然我真的就完了。我在工作上已经给她添了麻烦，如果再给她雪上加霜的话，那确实是不可饶恕的过错了。""放心吧，我什么都不会告诉她的。"卡尔说。"那就好，"她说，"你留在这里吧。要是你留在这儿的话，我会很高兴的；我们会同心协力，和衷共济，但愿你别介意我的话。我第一次看到你时，马上就对你有了一种信赖感，尽管这样——你想想，我是多么的不尽如人意，我也有过担心，怕只怕总管夫人会让你来替代我当秘书，然后辞掉我。当你在下面的办公室时，我独个儿在这里坐了好久，才把这事想开了。我甚至觉得，如果你接替我的工作，那是很合适的，因为你干这事肯定会干得比我好。要是你不愿意去城里采购的话，这事可以留给我来继续做。不然的话，厨房里肯定会更用得着我，特别是我现在比以前壮实了。""事情已经安排好了，"卡尔说，"我当电梯工，你干你的秘书。但是你一点儿也不能把你的想法吐露给总管夫人，要不我也会把您今天对我所说的其他事和盘告诉她，尽管那样做会使我感到很难堪。"这一席话深深地刺激了特蕾泽，她一头扑倒在沙发上，呜咽着把脸紧贴到他的被子上。"别这样，我什么也不会说出去的,"卡尔说,"但你也要守口如瓶。"这时,他再也不能把整个身子藏在被窝里了。他伸出手抚了抚她的手臂,也找不出什么合适的话来跟她说,只想着这里的生活是严酷的。特蕾泽终于平静下来了,甚至为自己的哭泣而感到羞愧。她感激地注视着卡尔,劝他早上多睡一会儿,并答应快到八点时会找时机上楼来叫醒他。"你倒挺会叫人的。"卡尔说。"是的,我还能干点事。"她说着用手温情地抚过他的被子向他道别,然后跑回自己的房间去了。

第二天,厨房总管留给他一天时间去拉姆西斯城里看看,但卡尔执意要马上上班。他坦然地解释说,去城里看将来有的是机会,现在对他来说,最重要的是开始工作。在欧洲他曾经把一份瞄准着另外一个目标的工作白白地葬送了。他到了这般年龄才从当电梯工做起,而那些更能干的小伙子,即使按部就班,这时也快轮到接任更高一级的工作了。他从当电梯工做起，这是完全正确的。他特别要争取时间，这同样也一点没错。考虑到这些情况，逛城根本不会给他带来任何快乐。甚至他连特蕾泽邀请他抄一条捷径去都下不了决心。德拉马舍和罗宾逊的影子总是浮现在他的眼前；他的心里只有一个念头：如果不勤奋，他最终的境况不会同他们有什么两样。

在饭店裁缝那儿，人家让他试穿了电梯工制服。这制服外表十分华丽，缀有金色纽扣和绦带，但卡尔穿到身上时不禁微微打起了寒战，尤其是上衣的腋下冷冰冰的，硬邦邦的。这是在他之前的电梯工穿过的，浸透了他们留下的汗气和无法抹得干的潮湿。这制服首先必须把胸部特地为卡尔加宽，因为现有的十套中没有一套合他的身，哪怕能勉强将就也好。虽然制服需要在这里改缝，而且裁缝师显得十分尴尬——有两次，从他手里交出去的制服马上又被退了回来——，但还不到五分钟的时间，一切便就绪了。于是卡尔穿着紧裹在腿上的裤子和一件裁缝信誓旦旦保证很合适但却捆绑着身子的上衣离开了裁缝部。这上衣一再诱惑着穿衣人做呼吸练习，它要看看他是否还能喘上气来。

然后，卡尔去电梯工总管那儿报到。他将要直接听从这位总管的指挥。总管是一个身材修长仪表堂堂的大鼻子男人，看上去已经有四十岁的年纪。他没有时间跟人谈话，哪怕只是三言两语；他随即唤来一个电梯工，偏偏就是卡尔昨天看见的那位。总管只唤他的教名：吉亚柯莫。卡尔随后才得知，在英语发音中，这个名字是无法听出来的。这小伙子接受了总管的吩咐，应该把开电梯的工作须知一一介绍给卡尔，可他却显得怯生生的样子，匆匆应付几下就了事了。其实本来就没有多少要介绍的，但卡尔从他那里几乎连这微乎其微的一点也没有得到。不言而喻，吉亚柯莫之所以恼火，无非是由于卡尔的到来，使他不得不离开电梯工作，被分配去给那些女服务员当帮工。照他难以说出口的经验，他觉得那是很丢面子的。但首先叫卡尔感到失望的是，一个跟电梯机器打交道的电梯工所能做的，无非是简单地按一下电钮，让电梯上下运行而已，而传动装置的修理只是饭店机械师的事。就说吉亚柯莫吧，他在电梯上干了半年之久，但无论是地下室的传动装置还是电梯内部的构造，他都没有亲眼见过，尽管他一再表明他对这些具有浓厚的兴趣。说到底，这是一份十分单调的差事，日夜轮班，一干就是十二个钟头，非常辛苦。照吉亚柯莫的说法，如果不学会争分夺秒地站着睡觉，这苦差事是根本无法忍受的。卡尔对此不置可否，但他心里一定明白，正是这个本事才使吉亚柯莫丢掉了这个位子。

卡尔感到非常高兴的是，他所操作的这部电梯只供最高层使用，因此他不会去跟那帮十分挑剔的阔佬们打交道。但在这儿同在别的地方一样，也学不到什么太多的东西，惟独对起步是有好处的。

过了一个星期，卡尔觉得他已经完全胜任了这个工作。他操作的电梯，那黄铜的壁板擦得锃锃闪亮，另外三十部电梯没有一部可以同他的媲美。要是那个和他同开一部电梯的小伙子也差不多这样勤快，不会觉得卡尔的勤劳补救了自己的懒散的话，也许还会更加锃亮。他是个土生土长的美国人，名叫勒内尔。这小伙子喜爱打扮，睁着一对黑色的眼睛，略显消瘦的面颊刮得光光的。他自己有一套很漂亮的西装，每到休假的晚上就穿上它，洒些香水，急急忙忙去城里了。有时他还请卡尔替他上夜班，说家里有事一定得回去；他并不怎么在乎，他的外表同所有这样的借口多么前后矛盾。尽管这样，卡尔还是挺喜欢他。每逢这样的晚上，勒内尔就穿上那套西装。临行前，他走到楼下电梯口，停在卡尔面前，一边戴着手套，一边还略表歉意，然后穿过走廊离去。卡尔总是心甘情愿为他代劳。再说卡尔这样替他顶班，只是想帮帮他的忙。在他看来，自己初来乍到，帮一位年长一些同事的忙也是理所当然的。但这样长此以往，那可万万不是办法。一天在电梯里不停地上上下下就够累人了，尤其到了晚上，来来往往的人简直就没完没了。

不久，卡尔也学会了要求电梯工必须做到的深鞠躬，小费也接得自如敏捷了。他收到的小费一下子就装进马甲的口袋里，没有人会从他的面部表情看出小费的多少。面对女士，他会献上小殷勤打开电梯门，在她们身后慢条斯理地走进电梯。女士们进电梯时一般都要比先生们瞻前顾后，总留心着她们的裙子、帽子和饰物。电梯运行时，这是最不引人注意的时候。他紧站在电梯门旁，背对着客人，手抓在电梯门扶手上，好让客人出电梯时，他一下子就能把门推向一边,又不至于使她们受到惊吓。在运行期间,偶尔也会有人拍拍他的肩膀,想询问点什么小事。这时,他便急忙转过身来,仿佛他在期待着人家的问话,随之大声地给予回答。虽然饭店有许多电梯,但也常常免不了有拥挤的时候,尤其在散戏或某些特快列车到达后,总要忙乎一阵子。遇上这种情况,卡尔一把客人送上去,立刻就得迅速地开下来,再接楼下等候的客人。他也有可能靠拉住一条穿过电梯车厢的绳索加快平常的运行速度。当然这是违反电梯操作规程的,而且也很危险。只要电梯里有乘客,卡尔是从来不会那样做的。可当他把客人送到楼上,楼下还有其他人等着时,他便无所顾忌地拉上绳索,活像一名水手,使劲而富有节奏地加快速度。再说他也知道,其他电梯工也这样干,他不愿意把自己的客人白白地让给他们。另外在这里相当常见的是,有少数客人在饭店里住的时间较长,有时会露出笑容，表示认出了卡尔是他们的电梯工。卡尔总是带着严肃的表情，但又很乐意接受这友好的表示。有时候，当电梯不太繁忙时，他也会接受一些分外的小任务，比如有客人把什么小东西忘在房间里，自己又懒得回去拿，这便成了卡尔的小差事。然后，他就会独自载着自己在这样的时刻觉得异常熟悉的电梯飞一般地上楼去，走进那陌生的房间里。他看到的大多是他从未见过的、稀奇古怪的东西，不是放得散散乱乱，就是挂在衣钩板上，闻到的是那异样的香皂、香水和漱口药水混合的特殊气味。他一刻也不停留，一找到大多即便交代得很含糊的东西就急急忙忙又回去。他常常为自己不能接受更大的任务而感到遗憾。干大差事有专门的勤杂和听差，他们可以骑自行车甚至摩托车办事。只有从客房到饭厅或娱乐厅的差事，卡尔才不容易能有机会让人用得上。

每当他干完十二个钟头下了班，一周里三

天是晚上六点，另三天是早晨六点，他总是感到疲惫不堪，径直就倒在床上，也懒得去答理任何人。他住在电梯工的集体宿舍里。厨房总管的影响也许并非像他第一天晚上所想象的那样大。虽然她竭力争取为卡尔弄一个小单间住，而且也可能弄得到，但卡尔却发现做起来困难重重，就为这事，厨房总管跟他的上司，那位忙得不可开交的总管打电话说来说去。于是卡尔主动放弃了住单间的奢望，并且说服厨房总管自己是真心诚意放弃，表示这样一种优待不是真正通过自己的劳动获得的，他不愿意因此而受到其他电梯工的嫉妒。

诚然，这个宿舍大厅不是能安安静静睡觉的地方。在十二个钟头休息时间里，人人都各不相同地安排着自己的吃饭、睡觉、娱乐和其他事情，所以，宿舍大厅里一天到晚就没有不喧闹的时候。几个在里面睡觉的人，拉着被子捂在耳朵上，想躲开这喧闹声。但只要有一人被吵醒了，他就会冲着其他喧闹的人大发雷霆，这样，连剩下那些还能睡得着的人也被吵得无法安宁了。几乎每个小伙子都有自己的烟斗，他们借此寻求一种奢侈的享受。卡尔也为自己买了一个，不久便抽上了瘾。但上班期间是不许抽烟的，其后果是，回到宿舍里，只要不到非得睡觉不可的时候，人人都是吞云吐雾，抽个不停。因此，每张床都笼罩在各自的烟云中，一切都淹没在一片烟雾里。尽管本来大多数人原则上都同意夜间只在宿舍的一端亮一盏灯，但根本无法实施。要是这个建议行得通的话，那些想睡觉的人就能够在大厅不亮灯的一边——这是个摆放着四十张床的大厅——心安理得地去睡他们的觉了，而另一些人则可以在亮灯的一边玩骰子或打扑克，或做其他一切有必要在灯光下做的事情。如果有人想去睡觉了，可他的床却在亮着灯的一边，那他就可以睡到不亮灯的一边任何一张空床上。空床多的是，别人临时用用也没有人会说什么。然而，没有一个晚上，这个规矩会得到大家的遵守。比如说总会有那么两三个人，他们借着不亮灯的地方睡了一觉后，又来了打扑克的瘾，于是便坐在床上，两人之间搭起一小块木板，当然也少不了顺手拉开就近的电灯。这刺眼的灯光势必会耀得那些正好面对着它睡觉的人暴怒不安。他们虽然还会辗转反侧一阵子，但最终依然是没有什么别的好计可施，索性就跟同样被吵醒的邻床也拉亮灯玩起来。不用说，所有的烟斗又一齐冒起了烟。不过也还有那么几个人无论如何也想睡睡觉，卡尔便属于其中的一个。他们不是把头放在枕头上，而是用枕头盖上或裹住头睡觉。然而，当邻床的人半夜三更起来，在上班前还要借机去城里寻欢作乐时；当他在自己床头的洗脸盆上洗得丁丁当当，水花四溅时；当他不光是扑腾一声蹬上靴子，而是噔噔噔地直跺着脚往里踩时——尽管是美国式样的靴子，但几乎所有的人穿在脚上都觉得太紧；当他最终因自己的装扮还缺少一样小东西而抽掉睡觉的人的枕头时，谁还能睡个安稳觉呢？不言而喻，埋在枕头下的人早就被吵醒了，也正盼着向他去发泄呢。也正是，大家都是些运动员和血气方刚的小伙子，谁也不想放过任何一次体育锻炼的机会。如果你半夜被喧闹声从梦乡里吵醒了，猛地爬起来一看，肯定就会发现，在你床一边的地上有两个摔跤手正在搏斗。在耀眼的灯光下，所有床上的人都穿着汗衫和短裤，直挺挺地站成一个圆圈，充当交手的裁判。有一回，两个拳手这样夜间交起手来，其中一个恰好倒在正在睡觉的卡尔身上。当卡尔睁开睡眼时，最先看见的是鲜血从那个小伙子的鼻子里汩汩地流出来，还没来得及采取应急措施，就染满了整个被子。卡尔常常在这十二个钟头里，几乎无时不在想方设法争取睡上几个钟头，尽管参与同其他人的闲谈也在强烈地诱惑着他。

但他始终又觉得，所有其他人在他们的人生中都处在比他优越的地位，他要通过更加勤奋的工作和放弃一定的爱好得到补偿。虽然他明明为了工作而非常看重休息，但无论在厨房总管还是在特蕾泽面前，都从不抱怨宿舍里的状况。这首先是因为所有的电梯工大都能忍则忍着，没有人当真去抱怨。再就是宿舍大厅里的烦恼是他当电梯工工作一个必要的部分。这工作是他怀着感激的心情从厨房总管手里接受过来的。

每周有一次，换班的时候可以休息二十四个钟头，他便抽出一部分时间去看望一两次厨房总管，也等待着特蕾泽那可怜巴巴的空余时间，同她在某个角落里，在走廊上匆匆说几句话。他很少去她的房间。有时候，他也陪她到城里去办理各种十分火急的差事。于是卡尔提上她的包，他们几乎是跑着奔向地铁站，然后乘坐在列车上风驰电掣般地驶去，仿佛地铁列车毫无阻力似的。转眼间他们就下了车。他们不去乘电梯,嫌电梯太慢,干脆踏着台阶,噔噔噔直跑上去。上面是宽阔的广场,大大小小的街道纵横交错,从这里辐射开去。广场把鼎沸的人群汇入从四面八方径直而来的车水马龙里。卡尔和特蕾泽急急忙忙形影不离地走进一家又一家办事所、洗衣店、仓库和商店,操办着一个又一个不容易通过电话操办的、再说也不是什么特别重大的采购或申诉。特蕾泽很快就发现,且不可小看卡尔的帮助;有他帮忙,许多事情办得快多了。有他陪着,她不再像以往那样,常常要等到那些忙得不亦乐乎的售货员前来应酬她,现在根本用不着了。他走到柜台前,不停地用踝骨敲击着柜台,直到有人过来应酬;他操着自己那依然有点过火的、在众声中很容易让人听得出来的英语越过人墙喊去;他毫不犹豫地冲进人堆里,根本不管他们傲慢地退到商店大厅的深处。他这样干并非出于狂妄,有意要逞强,他觉得自己处在一个赋予他权利的保险地位上：西方饭店是顾客，容不得人怠慢。特蕾泽虽然有办事的经验，但毕竟需要充分的帮助。"你应该每次都跟着来。"有时候，当他们特别圆满地办完一件事走出来时，她会满脸露出幸福的笑容这样说。

在拉姆西斯城停留的一个半月里，卡尔只有三次去特蕾泽的小房间里呆的时间比较长，每次有几个钟头。这房间当然比厨房总管的任何一间都小。屋里的几样东西几乎都堆挤在窗户跟前。但卡尔凭着自己住集体宿舍的感受，深深地明白一个相对安静的单间的可贵。尽管他没有直接说出来，但特蕾泽看得出他是多么喜欢她的房间。她对卡尔没什么秘密可言。自从当初第一天晚上拜访了他以后，她似乎也不该再有什么秘密不能告诉他。她是个私生子，父亲是建筑工头，后来才让孩子和妈妈从波莫瑞过来。但他这样做，似乎就是为了完成自己的义务，或者好像期待的是别的什么人，而不是他在靠岸的码头上所迎候的历尽磨难的妻子和弱小的孩子。她们来后不久,他没有多说什么就去了加拿大,留下这母女俩。她们既看不到他的信,也得不到他任何消息。这也不足为怪,因为她们流落到了纽约东区的贫民窟里,谁也无法寻找到她们。

有一次,卡尔站在她的身旁,倚窗望着大街,特蕾泽借机讲述了她母亲的死。那是一个冬天的晚上,母亲和她各自背着行囊,心急火燎地穿过一条又一条街巷,想找一个过夜的地方。当时她可能只有五岁。起初,母亲牵着她的手领着她,在暴风雪里十分艰难地挪着步子,到后来母亲的手冻僵了,她也不回头看看特蕾泽就丢开了她。于是特蕾泽不得不竭尽全力抓住母亲的裙子。她跌跌撞撞地跟着走,甚至跌倒了,可母亲像发疯了一样,依然一个劲地走去。在纽约那漫长而平直的大街上,这暴风雪是何等的肆虐啊!卡尔还没有经受过纽约的冬天。你要顶着卷成漩涡的风走去，一刻也睁不开眼睛，大风搓起雪花不住地扑打在你的脸上；你狠劲地奔跑着，却一步也前进不了，犹如一场绝望的挣扎。在这暴风雪里，小孩子当然要比成年人优越，她在风里跑呀跑呀，对什么事还觉得有点兴致。正因为这样，特蕾泽当时就不能完全理解母亲的心情。她坚信，要是她那天晚上聪明些——可她恰恰还是一个那样不懂事的孩子——对待母亲的话，她肯定就不会死得那么凄惨。当时，母亲已经两天找不到事干了，身无分文，饿着肚皮在街头奔波了一天。她们随身拖来拖去的行囊里不过是毫无用处的破布片，也许是出于迷信，她们不敢扔掉它。就在这一天，有人答应让母亲第二天早上去一个建筑工地上干活，但她担心自己可能用不上这个良机。她一整天都在试图给特蕾泽说个明白，因为她觉得精疲力竭了。那天一大早，她就在巷子里咯了许多血，使过路的人看见都害怕。她这时惟一的企望是在哪儿找块暖和的地方歇息。而偏偏就在这天晚上，怎么也找不到一块落脚的地方。她们每到一家至少还可以稍微遮避风寒的大门口，只要不被看门人驱赶出来，便急急忙忙地穿过那狭窄冰冷的走廊，爬上一层又一层的高楼，绕过院庭一圈又一圈狭长的露台，不加选择地敲打着每一扇门。她们开始不敢同任何人搭话，后来才恳求着迎面而来的每一个人。有一两次，母亲上气不接下气地蜷伏在沉寂的楼梯台阶上，把近乎执意不肯的特蕾泽拉到自己怀里，嘴唇十分痛苦地贴在她的脸上亲吻着。当她后来知道这是妈妈最后的亲吻时，她怎么也不理解，自己竟然能无知到连这个都看不明白，简直就是一条小小的可怜虫。她们走过一些房前时，房门敞开着，里面一股令人窒息的污浊气味扑面而来，满屋就像火烧似的烟雾腾腾。在她们的恳求声中，从这烟雾里闪现出模模糊糊的人影来，他站在门槛里，要么不予理睬，要么厉声厉色，一次次把她们赶开，不让她们在这里得到安身之处。特蕾泽现在回想起来，觉得母亲只是在最初几个钟头里寻找着歇息的地方，因为过了午夜之后，她就不再去跟任何人搭话了，尽管直到黎明时分，除了其间的小歇以外，她几乎一直不停地奔走着，尽管她们经过的那些大门和那些还敞开着门的房子里，依然充满着勃勃生机，处处都碰得到人。当然，并不是有什么东西推着她们快速向前奔跑，而是她们在极其艰难地竭力挣扎着。实际上，充其量也只能说是在缓慢地爬行。特蕾泽弄不清楚，从午夜到早上五点，她们去过二十栋还是两栋，或者仅仅只是一栋房子里。这些房子的走廊构思得很巧妙，空间得到最佳的利用，但却让人难以辨别方向。有多少次，她们可能就在同一走廊上穿来穿去！特蕾泽好像还模模糊糊地记得，她们在一栋房子里撞来撞去，好不容易才走出了大门，但她觉得，她们好像到了巷子里，马上又折了回来，再次闯进了这栋房子里。一会儿妈妈牵着，一会儿她紧紧地抓住妈妈，一路上连半句安慰的话都得不到。这对一个孩子来说，当然是一种不可理解的痛苦。当时，在这个尚不懂事的孩子看来，这一切好像只归结到一句话：妈妈要弃她而去。因此，特蕾泽越发把妈妈抓得更紧，生怕她走掉了；虽然妈妈牵着她的一只手，但她的另一只手依然死死地扯住妈妈的裙子不放，一路走一路哭号着。她害怕被留在这儿，留在这些人当中：她们前面的人踏着沉重的脚步爬上楼梯；她们身后还有看不见的人从楼梯拐弯处走过来；门外走廊里的人争来吵去，互相推搡着进了屋子；喝得醉醺醺的人哼着深沉的调子在楼里游来荡去。幸好妈妈牵着特蕾泽从这样一些正要纠结起来的人群里钻了进去。她们经过了几家由雇主承租的普通集体宿舍。在这深夜时分，人们不会再那么留心，也不会再有人非得把什么事都当真,她们无疑起码可以挤进这样一家宿舍里去。但特蕾泽不懂这些,母亲也不再想歇息了。清晨,当一个美好的冬日来临时,她们俩倚靠在一家墙根,或许在那儿打了个盹,或许睁着呆滞的眼睛四处张望。事实上,特蕾泽丢掉了她的行囊,母亲正要去打她,惩罚她粗心大意,但特蕾泽既没有听到打的声音,也没有感觉到挨打。然后,她们继续走下去,穿过热闹起来的街巷。母亲走在靠墙一边。她们过一座桥时,妈妈用手掠去桥栏上的白霜。她们最终正巧来到了妈妈说好那天早上要去的那个建筑工地。当时,特蕾泽听之任之,但至今却弄不明白。到了工地,母亲没有告诉特蕾泽,是原地等候还是走开,特蕾泽以为这意味着让她原地等候,因为这最符合她自己的心愿。于是她坐到一个砖堆上,看着母亲打开行囊,从里面抽出一条花布条来,扎起她昨天晚上就一直戴在头上的头巾。特蕾泽太累了,哪里还会想到去帮一帮母亲。母亲一反常态，没有去工棚里报到，也不问任何人，而是径直顺着梯子爬上去，仿佛她早就知道人家分派给她什么工作似的。特蕾泽对此感到惊奇，因为帮工通常只在下面和石灰，递砖瓦或干其他简单的活儿。因此，她心里揣摩着母亲今天要干能多挣点钱的工作，于是睡眼惺忪地朝她笑了笑。工地上的墙砌得还不太高，底层几乎还没砌好。但为下一步施工用的脚手架已经高高地耸立起来，当然还没有搭上连接横杆。母亲在脚手架上敏捷地绕过一个个正在砌砖的瓦工。让人不可思议的是，他们谁也不去问她一声。她伸出柔弱的手，小心地扶在一块当作栏杆用的木隔板上。在下面的特蕾泽模模糊糊地惊叹着母亲这般敏捷的动作，而且相信母亲和蔼可亲地看了她一眼。可就在这时，母亲朝着一小堆砖走过去。这砖堆的前面没有了栏杆，或许脚手架也到了尽头，但她已经身不由己，直冲着那堆砖而去。

她的敏捷似乎遗弃了她。她撞翻了那堆砖，从砖堆上直摔到底下，许多砖块随之纷纷滚将下来。紧接着，不知从哪儿又脱落一块沉重的木板，砰的一声砸在她身上。特蕾泽对母亲最后的回忆是：她穿着那条还是从波莫瑞带来的裙子，两腿叉开躺在那儿；那块压在她身上的粗木板几乎把她全盖住了；人们从四面八方一齐拥来；工地脚手架上还有个男人气急败坏地向下面大喊大叫。

当特蕾泽结束了她的讲述时，时间已经很晚了。她不顾平素的习惯，讲述得十分详细。只有说到无关紧要的地方时，比如说描述那孤零零地耸立云天的架杆时，她才会收住自己的眼泪。当时发生的每个细节，而今已经过去十年了，她依然记忆犹新，母亲在尚未砌起来的第一层楼的脚手架上让她看见的形象是她对母亲生命最后的回忆，她恨不得把这些向自己的朋友吐露个够。所以，她结束了讲述后，还想再回到这个话题上,却哽塞住了,她两手捂在脸上,再也说不出一句话来。

然而,在特蕾泽的房子里也有比较愉快的时刻。就在第一次拜访时,卡尔发现那里放着一本商业信函教科书,并恳求她借去看看。同时,他们商定,卡尔必须做书里规定的作业,交给特蕾泽检查。这本书,凡是她那琐里琐碎的工作用得上的,特蕾泽都读遍了。于是卡尔通宵达旦地趴在楼下集体宿舍的床上,用棉球塞住耳朵,孜孜不倦地读着这本书,这也是为了尽可能调剂一下环境。他用钢笔把作业写在一个小本上。这支笔是厨房总管奖赏给他的,因为卡尔帮她制了一个非常实用的盘货大表格,而且完成得一丝不苟。看书时,他先让其他小伙子不断地用英语向他提些小小的建议,直到他们厌倦了,让他安静下来。这样,他成功地将绝大部分干扰转化为有利因素。他常常觉得不可理解的是,其他人如此安于自己的现状,压根儿就感受不到他们暂时性的生存特点——过了二十岁的电梯工就不受欢迎了——，意识不到为自己未来抉择职业的必要性。尽管卡尔做出了榜样，但他们读的书最多不过是从床上传来传去、肮脏破损的侦探小说而已。

卡尔同特蕾泽会面时，特蕾泽批改起他的作业，总是不厌其烦地挑来挑去，两人常常因此发生意见分歧。这时，卡尔就搬出他那伟大的纽约教授当盾牌，但这对特蕾泽来说，就如同那些电梯工对文法的看法一样一文不值。她从卡尔手里夺过笔，划掉她深信有错误的地方。但在这种疑惑难解的情况下，尽管通常也不会有比特蕾泽更高的权威来审定，卡尔出于慎重，又把特蕾泽划掉的地方再划回来。诚然，有时会遇上厨房总管来，但她总是做出偏向特蕾泽的裁定，依然说服不了人，特蕾泽毕竟是她的秘书。与此同时，她也让大家言归于和，因为茶煮好了，甜点也端上来了，卡尔得讲讲欧洲的事了。当然,他的讲述一次次被厨房总管打断。她一而再,再而三地提问和表示惊讶。她这样做是想让卡尔意识到,欧洲有多少事情在相当短的时间里发生了天翻地覆的变化。打他离开以来,又有多少事情也可能已经完全变了样儿,而且还在不断地变化着。

卡尔约摸在拉姆西斯呆了一个月光景。有一天晚上,勒内尔打他身旁走过时告诉他,饭店门前有一个名叫德拉马舍的男人同他攀谈,探问卡尔的消息。勒内尔说他当时没有理由去隐瞒什么,于是就如实说卡尔当了电梯工,不过他有厨房总管的提携,还有望得到完全不同的位置。卡尔察觉到,德拉马舍是多么狡猾地对待勒内尔,甚至还邀请勒内尔这天晚上去共进晚餐。"我不会再同德拉马舍打任何交道的,"卡尔说,"你可千万要提防着他!""我?"他说着甩开身子,一溜烟地走开了。他是这饭店里最英俊的小伙子。在其他小伙子中间流传着这样的谣言：在电梯里，一位在饭店里住了较长时间的高贵女士说至少亲吻了他。谁也不知道这谣言是从哪儿来的。可对每个熟知这个谣言的人来说，当他看着那位女士身挂纤巧的披纱，挺着束得紧细的腰身，迈着稳健轻盈的步履从自己身旁走过，而其外表丝毫也让人看不出她会采取那样的举动时，这必定是一种莫大的刺激。她住在二层，不是勒内尔电梯的客人。然而，如果其他电梯一时都被占用着，当然也不能不让这样的客人去乘另外的电梯。于是这位女士时而也乘卡尔和勒内尔的电梯上上下下。事实上，这始终只发生在勒内尔当班的时候。这或许是偶然的，但没有人会相信是这样。只要电梯载着他们两人开动起来，顿时就会在整个当班的电梯工中出现一片难以制止的喧闹，甚至闹腾得非得总管出来干预不可。追究原因，是这女士也好，是那谣言也罢，勒内尔无论如何变了个样，变得绝对更加自信了。他把擦洗电梯的活儿一股脑都推给了卡尔。就为这事，卡尔也正等待机会要同他彻底摊开谈一回。在宿舍大厅里，再也见不到他的影子了。他彻底脱离开了电梯工这个集体，没有人像他这样。至少在工作问题上，大家通常都紧紧地抱在一起，并且有一个为饭店管理部门所承认的组织。

　　卡尔思考着这一切，也想到了德拉马舍。另外，他照常上自己的班。临近午夜时分，他得到了短暂的调剂，因为特蕾泽给他带来了一个大苹果和一块巧克力。她常常出其不意地送些小礼物来叫他惊喜。他们相互说上一会儿话，虽然不时被电梯的上上下下所打断，但几乎不受什么妨碍。他们在谈话中也提到过德拉马舍，而且卡尔发现，如果说他这阵子认为德拉马舍是个危险人物的话，那真的是受了特蕾泽的影响，因为特蕾泽印象里的德拉马舍无疑是听了卡尔的话后才有的。然而，归根到底，卡尔认为德拉马舍不过是个不幸使之堕落下去的流浪汉，跟他还是可以打交道的。但特蕾泽十分激烈地反驳卡尔，并振振有词地要求他发誓同德拉马舍一刀两断。卡尔没有发誓，而是再三催促她去睡觉，因为早已过了午夜了。当她不肯走开时，卡尔威吓说要擅离职守送她回房间去。最后，她无奈地准备走开，这时卡尔说："特蕾泽，你干吗多操这份心呢？如果我那样做会让你睡好觉的话，那我情愿向你发誓：不到万不得已，我不会同德拉马舍说话。"接着，卡尔来来往往忙了起来。旁边电梯的伙伴被派去干什么别的差事了，他不得不管起两部电梯来。这时有客人议论起来，说这里乱了套，一位陪伴女士的先生甚至用手杖轻轻地捅了捅卡尔，催着他动作迅速些。其实这种催促是大可不必的。要是客人们马上都上卡尔的电梯，一切也就迎刃而解了。但有些客人明明看见那边电梯无人操作，却偏不肯过来，非得要走到那部电梯前，手抓着电梯门把手站在那儿等着，甚或擅自走进电梯里。按照十分严格的电梯操作规程，电梯工无论如何也要防止发生这样的情况。于是卡尔不得不跑来跑去，累上累下，哪里还会顾得上考虑小心仔细地履行自己的职责。此外，快到凌晨三点时，一位行李搬运工想叫他去帮点忙，虽然他跟这位老人还有点交情，但他此刻无论如何也顾不得帮他了，因为恰好他管的两部电梯前都站着客人。他当机立断，大步走上前去，先选定送走一批。当那个伙伴回来接上班时，卡尔高兴极了，便朝他喊了几句，责怪他一去好久不见回来，尽管这可能也怪不得他。过了凌晨四点，才有些平静下来，卡尔也亟待有个喘息的机会。他疲惫地倚靠在自己电梯旁边的栏杆上，慢慢地咬着那个苹果。咬开第一口，里面散发出一股浓烈的香味。他透过天井看下去，四周是储藏室的大窗户，挂在窗户后面的香蕉在昏暗中闪着微光。